Tucholsky Wagner Zola Scott Sydow Freud Schlegel
Turgenev Wallace Fonatne

Twain Walther von der Vogelweide Fouqué Friedrich II. von Preußen
Weber Freiligrath

Fechner Fichte Weiße Rose von Fallersleben Kant Ernst Frey
Frommel
Richthofen

Engels Fielding Hölderlin
Fehrs Faber Flaubert Eichendorff Tacitus Dumas

Eliasberg Ebner Eschenbach
Feuerbach Maximilian I. von Habsburg Fock Eliot Zweig
Ewald Vergil

Goethe London
Mendelssohn Balzac Shakespeare Elisabeth von Österreich

Dostojewski Ganghofer
Trackl Lichtenberg Rathenau Doyle Gjellerup
Stevenson
Mommsen Tolstoi Hambruch Droste-Hülshoff
Thoma Lenz Hanrieder

Dach von Arnim Hägele Hauff Humboldt
Reuter Verne
Karrillon Rousseau Hagen Hauptmann Gautier
Garschin

Defoe Baudelaire
Damaschke Descartes Hebbel

Wolfram von Eschenbach Hegel Kussmaul Herder
Dickens Schopenhauer
Darwin Melville Rilke George
Bronner Grimm Jerome
Campe Horváth Aristoteles Bebel Proust

Bismarck Vigny Voltaire Federer Herodot
Gengenbach Barlach
Heine

Storm Casanova Tersteegen Grillparzer Georgy
Chamberlain Lessing Langbein Gilm

Brentano Lafontaine Gryphius
Strachwitz Claudius Schiller Kralik Iffland Sokrates
Katharina II. von Rußland Bellamy Schilling
Gerstäcker Raabe Gibbon Tschechow

Löns Hesse Hoffmann Gogol Wilde Vulpius
Luther Heym Hofmannsthal Gleim
Roth Klee Hölty Morgenstern Goedicke
Heyse Klopstock Kleist
Luxemburg Puschkin Homer Mörike
La Roche Horaz Musil
Machiavelli Kierkegaard Kraft Kraus
Navarra Aurel Musset
Nestroy Marie de France Lamprecht Kind Kirchhoff Hugo Moltke

Laotse Ipsen Liebknecht
Nietzsche Nansen
Marx Lassalle Gorki Ringelnatz
von Ossietzky Klett Leibniz
May vom Stein Lawrence Irving
Petalozzi Platon Knigge
Pückler Kafka
Sachs Poe Michelangelo Kock
Liebermann Korolenko
de Sade Praetorius Mistral Zetkin

# Der Marsch nach Hause

Wilhelm Raabe

# Impressum

Autor: Wilhelm Raabe
Umschlagkonzept: toepferschumann, Berlin

Verlag: tredition GmbH, Hamburg
ISBN: 978-3-8424-1070-1
Printed in Germany

Text der Originalausgabe

Wilhelm Raabe

# Der Marsch nach Hause

## 1.

Am siebenten August des Jahres sechzehnhundertvierundsieben-
zig als am Geburtstagsfeste des Schutzheiligen des Ortes und der
Gegend, des heiligen Gebhard, herrschte ein reges Leben in der
alten Stadt Bregenz am Bodensee und rings um dieselbe. Seit langen
Jahren hatte das Volk diesen Tag nicht mit solchem Eifer und so
fröhlichen Herzens gefeiert wie heute.

Schon am frühen Morgen hatte kaiserliches Geschütz von der
Klause über der Unnoth und bürgerliches Böllergeknall von den
Mauern der Stadt und den umliegenden Höhen dem Heiligen die
gebührende Ehre gegeben, und Glocken und Glöcklein aus Kirchen
und Klöstern waren schier den ganzen Tag über nicht still geworden. Und es war ein schöner, ein heiterer Tag, der ebenfalls dem
Heiligen alle Ehre gab. Leise spielten die Wellen des großen Sees an
die Ufer, und die fernsten Berggiebel und Hörner des Graubündner
Landes südlich über dem Rheintal, die Roja, die Schwestern von
Frastanz, die Scesa plana, der Calanda und die Grauhörner blitzten
mit ihren Schneefeldern im heitern Licht herüber, während die nä-
herzu aufgetürmten Riesen von St. Gallen und Appenzell, der Gon-
zen, der Alwier, der Kamor, der Hohenkasten und der alte Säntis
mit allen Zacken und Rissen, ein mächtiger Bergkamm, in wunder-
voller Klarheit sich vom blauen Himmel abhoben. Wer die Hand
über die Augen hielt, um dieselben gegen das Glänzen und Leuch-
ten des Wassers zu schirmen, der mochte selbst im fernen Hegäu
die dunkeln Kegel des Hohentwiel und Hohenkrähen deutlich erkennen.

An der Kapelle am See, wo die Gebeine der im Jahre 1407 gegen
die Appenzeller Hirten Gefallenen ruhen und wo der Graf Wilhelm

von Montfort mit allen Rittern des St. Jürgenschildes nach dem gewonnenen Siege kniete und der Ruf »Ehrguta! Ehrguta!« zum erstenmal hell hinausgerufen wurde, um durch Jahrhunderte in den Gassen der alten Römerstadt Bregenz nicht zu verhallen, waren die Schiffe und Kähne der Gäste aus dem Allgäu und dem Thurgäu mit Seilen und Ketten angelegt. Viel Volk war aus dem Walde gekommen, und die Benediktiner von Mehrerau und die Pfaffheit in der Stadt mochten den Tag wohl loben; denn wie bei allen solchen, vom Wetter und dem Lebensmut der Menschen begünstigten feierlichen Gelegenheiten fiel mancherlei für sie ab, was sie gar wohl gebrauchen konnten und mit Dank und gutem Gegenwillen gern hinnahmen.

Wenn nun schon am Seeufer, wie gesagt, ein munteres Leben herrschte, so nahm dieses mehr und mehr zu auf allen Wegen, die zu dem grauen Mauerviereck der Römerstadt emporführten, wurde aber am buntesten auf den waldigen Pfaden, auf welchen man rechts von der Stadt die Höhe des Pfannenberges erreicht; denn dorthinauf oder -hinab mußte ja alles Volk, welches den heiligen Gebhard zu seinem Geburtstag grüßen wollte oder ihn bereits gegrüßt hatte. Wir gehen mit den Emporsteigenden, um nachher mit einem einzelnen Gaste des guten Bischofs wieder herabsteigen zu können.

Der Heilige würde sich sicherlich nicht wenig gewundert haben, wenn er heute die Stätte gesehen hätte, wo einstmals seine Wiege stand. Die Natur hatte wohl Zeit gehabt, ihre verschönernde Hand an das schlimme Denkmal der schwedischen Furie vom Jahre sechzehnhundertsechsundvierzig zu legen; allein alles hatte sie doch längst nicht auszugleichen vermocht. Da blickten die gewaltigen, zerrissenen, von der Flamme geschwärzten Mauern und Türme von Hohen-Bregenz immer noch grimmig auf den jungen, freudigen Waldwuchs, der sich zwischen und an sie gedrängt hatte, herab. Und wie manches gefiederte Samenkörnlein Wurzeln geschlagen haben mochte in den Schießscharten und leeren Fensteröffnungen, die grause Göttin Bellona lachte doch nur höhnischer durch die schwankenden Kräuter und den kletternden Efeu. Das Gras und die Herbstastern, die Königskerzen und die Sternblumen hatten noch nicht den Sieg gewonnen über den Brandschutt des wilden Feldmarschalls Karl Gustav Wrangel. Hätte das Volk eine ebensolche

Miene gemacht wie die Geburtsstätte seines Heiligen auf der schönen, vorspringenden Kuppe des Pfannenberges, so wäre das Fest gewißlich nicht so heiter anzuschauen gewesen.

Aber die arme, gequälte Menschheit vergißt gottlob leicht und schnell. Die frohe Menge, die innerhalb der niedergeworfenen Burgmauern lagerte, den Wald ringsum füllte und auf allen Pfaden zog, ärgerte sich heute gar wenig an dem, was vor mehr als siebenundzwanzig Jahren geschehen war, und das historische Faktum diente höchstens noch einigen älteren Leuten zu einer nicht unannehmlichen Unterhaltung.

Freilich war die schwedische Hand auf den armen Mann und kleinen Bürger am Schluß des Jahres sechsundvierzig verhältnismäßig ziemlich leicht gefallen, denn der General Wrangel hatte an dem Adel und der Geistlichkeit so gute Beute gemacht, daß er das Geringere gern und willig an Ort und Stelle beließ. Die Geistlichkeit und der Adel hatten nämlich alle ihre Schätze und besten Habseligkeiten weit aus dem Lande umher in die feste Römerstadt geflüchtet, und als der falsche Kommandant der Klause am See seine Tore verräterischerweise öffnete, da fand der Schwede alles recht ordentlich, hübsch und lieblich beieinander und mochte sich wohl die Hände reiben. Wer heute Schweden bereist und nach Skogkloster kommt, der wird daselbst wohl noch allerlei gute Dinge finden, welche der Wrangel damals aus Brigantium mit sich nahm und welche die Erben aus dem Allgäu und dem Vorarlberg nun doch wohl vergeblich zurückfordern möchten.

In der Mitte der Ruinen, auf der Stelle, wo seit dem Jahre 1723 die Kirche des einstigen Burgherrn von Hohen-Bregenz und spätern Heiligen steht, war heute am 7. August 1674 der Boden von Schutt und Trümmern gereinigt und für den festlichen Tag ein mit Blumen geschmückter, mit Lichtern besteckter Altar errichtet, an welchem die Benediktiner von Mehrerau der Feierlichkeit vorstanden. Hier befand sich der Mittelpunkt des Gewimmels, doch im weitern Umkreise war dasselbe auch nicht viel geringer. Da waren in den verwüsteten Räumen der Burg, im grünen Grase, unter den Bäumen Tische und Bänke aufgestellt und Fässer zusammengerollt und aufgelegt, da gab es mancherlei gute Sachen für den Mund und die Augen, und die Geburtstagsgäste saßen an den Tischen und lagerten im Grase und drängten sich um die Fässer und feilschten an den Tischen der Verkäufer von Rosenkränzen und Kreuzen und Heiligenbildern, und an einem der Tische saß einer der Helden dieser Historia einsam und allein vor der Flasche und dem Glase und nickte mit dem Kopfe und blinzelte in das Gewühl seliglich, im Rücken gedeckt von einem rauchgeschwärzten Mauerwinkel, überschattet von einem Ahornstrauch, unbekümmert um das Glöckleinklingeln der Geistlichen, die Töne der Musik im Walde, das Jauchzen und helle Lachen der Buben und Mädeln, – einer der beiden Helden dieser Historia, der brave Korporal *Sven Knudson Knäckabröd* aus Jönköping am Wetternsee, welcher zuerst mit dem großen Feldmarschall Karl Gustav Wrangel hierher gekommen war.

## 2.

Der Korporal hatte das Kinn auf beide Fäuste gestützt, er blinzelte lächerlich-nachdenklich mit den schwimmenden Augen, und von Zeit zu Zeit schüttelte er den grauen Kopf und fuhr mit der Rückseite der Hand über die braunrote, ehrliche, wenn auch nicht ehrwürdige Nase; es kam ihm selber ganz verwunderlich vor, daß er hier saß, und zwar zum zweitenmal, und zwar unter gänzlich veränderten Um- und Zuständen. Er hatte des guten Tirolers manchen ehrlichen Schoppen genossen, und es war eben kein Wunder, wenn er das bunte, bewegte Treiben vor und um sich in einem phantastischen Zauberlicht sah; aber sein seltsam Geschick hatte ihn wahrlich berufen, an dieser Stelle auch ohne den roten Tiroler mancherlei Gesichte zu erschauen. Er schüttelte den Kopf, wehmütig und doch lustig, wie er daran gedachte, auf welche Art er damals in der Burg des heiligen Bischofs Gebhard anlangte. Wahrlich nicht, um sich wie heute breit und bequem im Schatten eines grünen Ahorns vor dem Becher niederzulassen! Damals war die Welt verschneit, und die Eiszapfen hingen an den Fichtennadeln und Tannenzweigen, an den kahlen Ästen der Eichen und Buchen und an den Bärten der zehntausend Kameraden, welche durch den Allgäu zum Bregenzer Sturm heranmarschiert waren. Damals handhabte er, der Korporal Sven Knudson Knäckabröd, seine Arkebuse wie die andern, stand wie die andern in Rauch, Dampf und Feuer und stieg bergan den Pfannenberg über Leichen und Verwundete. Damals half er den Geschützmeistern die Kartaunen in die rechte Position bringen und war unter den ersten an der Zugbrücke, als das Tor von Hohen-Bregenz zersplitterte, die Mauer schwankte und vornüberbrach und den Graben für den verlorenen Haufen weg-, sprung- und sturmgerecht machte. Er befand sich natürlich auch unter dem verlorenen Haufen und schlug mit umgekehrter Muskete wacker drein, als das kaiserliche Kriegsvolk immer noch den Eingang streitig machte; er erwarb sich großes Lob bei seinem Hauptmann, und als der Feldmarschall nachher auf den Berg kam, die gemachte Arbeit in der Nähe zu sehen, da war der Korporal Sven voran unter denen, welche am lautesten Viktoria schreien durften.

»Ooooh!« stöhnte der Korporal am Nachmittag des siebenten Augusts 1674, in allen Reizen der Erinnerung schwelgend, und legte sich schwer auf die linke Seite und schlug mit der rechten Faust gewaltig auf den Tisch. Um seine Gefühle deutlich zu machen, hatte er nichts weiter hinzuzusetzen; aber *wir* haben noch einiges über seine Vorgeschichte zu berichten, um *unseren* Gefühlen gegen ihn geredet zu werden.

Den Fürberg hinauf und um den Fürberg herum, in den verschneiten Wäldern und Klüften dauerten die Scharmützel zwischen den Schweden und den Kaiserlichen auch nach der Einnahme von Stadt und Schloß Bregenz tagelang fort, und heute noch richtet auf dem Pfänder der Tourist den Blick oder das Fernrohr auf eine der großartigsten Landschaftsrundsichten Europas aus den halbversunkenen Verschanzungen jener blutigen Wochen.

Ein beträchtlicher Haufen der Sieger drang plündernd, sengend und brennend tiefer in den Wald, scheuchte das Volk dörferweise vor sich her oder jagte es vereinzelt in unwegsame Felsenschluchten oder versteckte Täler, wie solches seit dem Jahre 1618 bei allen kriegführenden Parteien auf des Römischen Reiches heiligem Boden Brauch, Sitte und Gewohnheit geworden war. Auch unter dieser Heldenschar befand sich der Korporal Sven Knudson Knäckabröd, und dieser Expedition hatte er es zu verdanken, daß er im August des Jahres 1674 sich noch immer in der Gegend befand und am Tage des heiligen Gebhard auf dessen von ihm, Sven, selber zerstörten Burg friedlich und gemütlich vor dem Becher saß. An diesen schwedischen Streifzug in den ersten Tagen Anno Domini 1647 knüpft sich nämlich einer jener gar nicht seltenen schönen Züge weiblichen Mutes, weiblicher Wut und weiblicher Tapferkeit, von denen uns die von den Männern geschriebenen Geschichtswerke in verlegener und etwas bänglicher Bewunderung Kunde geben.

Zwischen Lingenau und Hüttisau schlugen am 4. Januar 1647 die vorarlbergischen Ehefrauen und Schmelgen – das ist: die jungen Mädchen – die eingedrungenen Schweden bis auf den letzten Mann tot, und nur der letzte Mann entkam, das heißt, er – der Korporal Sven Knudson Knäckabröd – wurde schwerverwundet von der Wirtin zur Taube in Alberschwende, Frau Fortunata Madlenerin, gefangengenommen und unter sonderlichen Umständen von ihr gegen das blutdürstige Andringen der erbarmungslosen Kampfgenossinnen mit Erfolg verteidigt.

Die Männer, welche sich von diesem Überfall am Roten Egg wahrscheinlich aus Bescheidenheit ferngehalten hatten, durften natürlich auch nicht in die dem Kampfe folgenden Verhandlungen dreinschwatzen; sie läuten jedoch heute noch je am 4. Januar nachmittags zwei Uhr die Glocken zur Ehre und zum Gedächtnis der Heldentat ihrer besseren Hälften.

Um zwei Uhr nachmittags lagen im blutigen Schnee am Roten Egg die schwedischen Grobiane, zerschmettert von Kugeln, Baumstämmen und Felsentrümmern, zerhackt von Beil-, Schwert- und Hellebardenhieben, still, und die Weiber vom Walde tanzten wutentbrannt um die Leichen. Die Frau Wirtin zur Taube aber, eine junge Wittib, die keine geringe Rolle in der Schlacht gespielt hatte, brachte eben ihr Beutestück, nämlich den Korporal Knäckabröd, in Sicherheit.

Das hatte seine Schwierigkeiten! Denn kurz nachdem sie entdeckt hatte, es sei noch einiges Leben in dem gleichfalls arg mitgenommenen armen Sven, war dieselbe Bemerkung von drei anderen Kriegsgesellinnen gemacht worden, und diese drei befanden sich noch nicht in der Stimmung, den alten, lieben Beruf der Frauen, die barmherzigen Schwestern und Krankenwärterinnen zu spielen, schon jetzt wiederaufzunehmen. Im Gegenteil! Mit den Waffen in den Händen hatten sie sich auf den unseligen, zappelnden Tropf gestürzt und wie die Frau Fortunata zugepackt, und es gab ein arges Gezerr an Arm und Bein, an den Fetzen des Wamses oder am Bandelier, und die Taubenwirtin hatte alle Mühe, die erbosten Hiebe und Stöße durch ihr Geschrei oder mit dem guten Schwerte, welches ihr seliger Gatte im Winkel hatte stehenlassen, abzuwehren. Es war ein großes Glück für den Korporal Sven, daß ihr Ansehen mächtig war unter den Wäldlerinnen, daß sie den Plan zum Überfall angegeben hatte und daß ihr Haus und Zeichen in Alberschwende einen herrlichen Ruhm und Ruf besaß, weit hinaus nach allen vier Weltgegenden; denn dem allein verdankte er sein Leben nach der Niederlegung seiner Genossen an dem Fallenbache am Roten Egg!

Als doppelte Siegerin führte ihn seine Retterin auf einem Karren in ihr Haus zu Alberschwende unter der Lorena, ließ ihn da zuerst hinter verriegelten Tür auf ein Strohlager neben ihrem Schanktisch, dann in ein besseres Bett legen und besorgte den ersten Verband seiner Wunden selber. Er aber erwachte erst nach längeren Wochen aus seiner Betäubung und wußte dann durchaus nicht anzugeben, was mit ihm vorgefallen sei und wo er sich befinde.

Der Korporal Sven Knudson Knäckabröd wußte eigentlich noch heute, d. h. im Jahre 1674, nicht, wo er sich eigentlich befinde, und das war gar nicht so sonderbar. Seit er Anno dreißig mit dem großen Gustavus Adolfus, dem streitbaren Löwen aus Mitternacht, auf Usedom in der Pommerschen Bucht landete, war er sechzehn Jahre lang durch solchen Wirrwarr hin und her marschiert, daß für einen Mann, der nicht Gelegenheit gehabt hatte, die Geographie zu studieren, sich das Bild der Welt wohl verwirren mochte. Hatte doch selbst der Oberst Wrangel, unter dessen Kommando er damals seine Kriegszüge begann und der während der Zeit längst Feldmarschall geworden war, Mühe, sich in dieser Beziehung die Landkarte klarzuhalten.

»Donner und Nordlicht!« sagte der Korporal am 7. August 1674, legte sich schwer auf den rechten Ellenbogen und schlug mit der linken Faust auf den Tisch. Jawohl, ein Mann, dessen Leben dicht an der Grenze des ewigen Eises, dem Nordpol nahe, begonnen hatte, der den Krieg mit allen Nationen Europas, mit Deutschen, Franzosen und Hispaniern, mit Italienern, Dänen, Polen und Moskowitern sah, der dann sechsundzwanzig Jahre des tiefsten Friedens unter dem Hirtenvolk des Vorarlberges vollendet hatte, mochte wohl bei einiger Überlegung seines Daseins »Donner und Nordlicht!« sagen.

Die Frau Fortunata hatte am Fallenbach wohl nicht gedacht, welch eine schwere Last sie sich für die nächsten Zeiten durch ihr gutes Herz auf den Hals lud. Sie bekam ihre große Not mit ihrem Schweden, dem noch drei Jahre lang nach dem Sturm auf Bregenz das ganze Land ringsumher nach dem Leben stand. Es fand sich, daß sie ihn nur dadurch vor allen den verschiedenen Nachstellungen retten konnte, daß sie ihn zur Kindsmagd machte, dem wilden Arkebusierer ihr unmündig Töchterlein zur Wartung in die Arme gab und ihn im Haus an ihr Schürzenband geknüpft hielt, bis das erste Gras über die Blutzeit gewachsen war, bis die Alten den »schwedischen Mann« ohne Mordsinn ansehen konnten und die Jungen ihn als ein natürlich gegeben Ding nahmen.

Da saß der Korporal Sven Knäckabröd denn in den Bergen verzaubert neben der Wiege der kleinen Aloysia: er, der mit dem glorreichen und sieghaften König Gustavus Adolfus über das Meer gefahren war und in hundert grimmigen Schlachten in die Linie rückte gegen den Tilly, den Wallenstein, den Pappenheim und hundert andere gewaltige Kriegshauptleute! Da saß er und spann nicht nur Trübsal, sondern auch wirklichen Flachs und Werg, und wenn das Kind schrie, so rief die Frau Fortunata: »He, Schwen, sing ihm!«, und der Korporal Sven Knudson Knäckabröd sang.

Potz Lappland und kein Ende – dabei ließ sich dann recht hübsch an allerhand anderes denken! Zum Beispiel an die graue, nebelige, flammende Ebene von Breitenfeld oder von Lützen, an den Kommandoruf vor der Front, an die rasselnden Reitergeschwader, die blauen und gelben Fußregimenter, wie sie gegen die kaiserlichen Batterien am Floßgraben vorstürzten, zurückfluteten, wieder vorstürzten und unter den Hufen und Füßen die Toten und die Verwundeten in Harnisch und in Büffelwams zerstampften!

Wenn dann wieder der Kommandoruf der Wirtin zur Taube in solche Träumereien klang, gab es wohl ein sonderlich Auffahren, und ohne die kleine Aloysia hätte das Ding am letzten Ende doch noch einen traurigen Ausgang mit dem armen, verlorengegangenen schwedischen Mann genommen.

## 3.

Du lieber Himmel, eine Zeitlang, so um das Jahr 1655 herum, trug er, der Korporal, sich mit dem Gedanken, ob er sich nicht dadurch am leichtesten ranzionieren und zugleich seinem dankbaren Gemüte am angenehmsten Genüge leisten könne, wenn er die junge Wittib freie und selber Taubenwirt zu Alberschwende werde. Eine Weile lang hatte der gute Sven die größte Lust, auch einmal das Wagstück auszuführen und zu rufen: »Ho, Frau Fortuna, sing!«, aber zuletzt wagte er es doch nicht, abgesehen davon, daß er seinen lutherischen Glauben oder vielmehr den Glauben hochseliger Königlicher Majestät Gustavi Adolfi – denn er selbst machte sich nicht viel daraus – doch nicht gern in die Schanze schlagen wollte.

Es blieb also dabei: »He, Korporal, sing!«, und Sven Knudson Knäckabröd sang; aber wie melodisch, das wollen wir lieber doch nicht weiter aufrühren. Er war eine gute Kindsmagd, und als seine Dienstjahre in dieser Hinsicht als beendet angesehen werden konnten, da tat ihm das fast leid, und als braver Veteran behielt er für alle Zeiten eine tiefe Zuneigung zu dem früheren Dienstverhältnis. Als die kleine Aloysia zehn Jahre alt geworden war, hatte das Gebirgsvolk so ziemlich vergessen, auf welche Art und Weise der schwedische Mann in seine Mitte geraten war, und die Frau Fortunata konnte ihn allein laufen lassen.

Er lief aber noch immer nicht allein; auch die kleine Aloysia Madlener hielt fürderhin in Treuen an ihm, und die beiden schickten sich gar wohl ineinander im Dorf, im Wald und auf den Matten bei jeglicher Lust und Arbeit.

Wer jene holdselige Gegend kennt, der weiß, daß im Süden des Dorfes Alberschwende der Pfad sich steil, anfangs durch Gehölz und dann über schöne Wiesen, zu einem Bergsattel emporzieht, die Lorena geheißen. Wer ihn heute geht, der findet unterwegs, ehe er zu dem herrlichen Gipfel gelangt, drei Sennhütten; um die Mitte des siebenzehnten Jahrhunderts aber lag nur eine dort, und diese ein wenig höher, der Kuppe näher am Rande eines Tannenwaldes, und die Hütte, der Wald und die Wiesen ringsumher gehörten dem Taubenwirtshaus drunten im Dorfe, und die Frau Fortunata hatte das Besitztum einst als ein trefflich Nestei dem jetzo seliglich abgeschiedenen Gatten mit in die Ehe gebracht.

In dieses Haus auf der Lorena versetzte die Taubenwirtin ihr Beutestück aus dem Schwedenkriege um das Jahr 1656, gab ihm Vieh und Weide zu bester Pflege und Wartung unter, wie sie ihm vordem ihr Töchterlein anvertraut hatte, und verwendete den Korporal wiederum also geziemlich und nützlich.

»Sie sagen, Ihr treibt auch daheim sonderliche Zucht mit allerlei absonderlichen Kreaturen in Milcherei und Käserei, Schwen. Nun seid Ihr lang genug bei uns, um zu wissen, was eine Kuh ist, und könnet wohl einen Ochsen von einem Kalbe unterscheiden. Einen Bub krieget Ihr mit auf den Berg; also jetzt zeiget Euch als einen mit Verstand begabten Menschen, haltet mir gute Ordnung und zeigt den Nachbarn, daß ich mir keinen Narren in Euch großgezogen habe«, sprach die Frau Fortunata Madlener, und Sven Knudson Knäckabröd zeigte sich wahrlich als einer, der nicht nur mit Rentieren, Elentieren und der Luntenbüchse, sondern auch wie mit dem Kinderwiegen, so mit der Milch, der Butter und dem Käse umzugehen wußte. Es hätte nun bald wenig gefehlt, daß er jetzt ebenso berühmt wurde, wie er vordem berüchtigt war.

Nun ließ es sich freilich auf der Lorena lustiger hausen als in der niedrigen, dumpfigen, holzvertäfelten Stube drunten in der Taube, vorzüglich für einen, welcher von früher Jugend an die frische Luft gewöhnt war; und der Korporal Sven saß manch lieb langes Jahr dort oben, und ein undankbarer, hartherziger Gesell von Grund aus hätte er sein müssen, wenn er jetzt nicht sein Geschick allmählich gelobt hätte. Wir wollen zwar nicht behaupten, daß gerade er vor den andern Sterblichen der damaligen Zeiten berufen war, jubilierenden Herzens in die Pracht und Schönheit der Natur zu blicken; allein er hatte doch auch seine Freude an dem, was er von seiner Tür aus überschaute. Da hatte er zu seiner Linken den mächtigen See bis in die fernste, verschleierte Ferne; zu seiner Rechten aber, über dem Tal von Schwarzenberg, da hob es sich empor: Giebel an Giebel, Zacken an Zacken, Wand über Wand; und die Glocken seiner Kühe klingelten um ihn her, und Aloysia Madlener kam, erst ein jung, leichtfüßig Kind, dann eine hübsche Jungfer, und saß wieder bei ihm und suchte ihm jetzt die Zeit zu vertreiben, wie er früher sie ihr vertrieben hatte.

Tagelang saß sie oft bei ihm auf der Lorena, und bald kam die Zeit, wo der kriegerische Kuhhirt Besuche bekam, die ihm gar schön um den Bart gingen und doch nicht seinetwegen von allen Höhen herab und aus allen Tälern hinauf zu ihm stiegen. Eitel jung Volk besuchte ihn, die besten Buben weit umher, und einige gab es darunter, die kamen mit der Mette und gingen erst mit dem Abendgeläut, bis die Katz aus dem Sack war und der Fidel Unold, der reiche Sägmüllerssohn, es allen anderen abgewonnen hatte. Da gingen denn dem Korporal Sven Knudson Knäckabröd auch wieder einmal die Augen auf, und als er seiner Verblüffung gegen die Frau Fortunata Luft machte, da stemmte diese auch wieder einmal die Arme in die Hüften und sprach:

»Schwen, daß ich einen Esel am Roten Egg aufgehoben habe, das wußte ich nach den ersten drei Tagen unserer Bekanntschaft. Na, Alterle, laßt's gut sein, ich habe hier unten die Augen offen gehalten, während Ihr da oben nur das Maul aufsperrtet und vermeintet, das ganze junge Volksspiel gehe nur deshalb zu Euch her, um Eure Lügen und Heldentaten anzuhören. In acht Wochen ist Hochzeit, und Ihr seid freundlich geladen.«

In acht Wochen war wirklich die Hochzeit der schönen Aloysia Madlener und des glücklichen Fidel Unold, und der Korporal Knäckabröd spielte, obgleich er ein Esel war, doch keine geringe Rolle an dem hohen Tage. Er tanzte sogar – erst zu allgemeiner Bewunderung einen schwedischen Tanz, dann unter lautem Aufkreischen der Weiber und brüllendem Gelächter der Mannsleute einen Kroatentanz und zuletzt zu seinem allereigensten Vergnügen einen zierlichen Ländler mit der Brautmutter, der Frau Fortunata Madlener; und nur verschiedene alte Weiber, die ihm einst am Roten Egg mit aufgegeigt hatten, schüttelten jetzt noch den Kopf über ihn.

Nach den Hochzeiten pflegen die Taufen zu folgen, und so geschah es auch hier. Gar häufig holte man ihn auch zu solchen Feierlichkeiten von seiner Höhe herunter, und dann stiegen wiederum kleine Füße zu ihm hinauf, und – so gingen die Jahre vorüber und hin, und der Korporal Sven Knudson Knäckabröd, der in seinen jungen Jahren so vieles durchgemacht hatte mit Märschen, Stürmen,

Schlachten, Hunger und Durst und es gar nicht besser gewußt und gewollt, der saß nun im Fett und im Frieden und wußte und wollte nichts mehr von der Welt da draußen vor den Bergen.

# 4.

»Wenn sie mich zu Hause und in Ruhe gelassen hätten, wär's besser und mir lieber gewesen«, brummte der schwedische Mann an seinem Tische auf dem Gebhardsberge unruhig auf- und abrückend. »Das Weibsvolk, das Weibsvolk – gibt es wohl Frieden? Nimmer! Kann es wohl einen in seinem Winkel sitzenlassen? Niemalen! Das muß immer herumwuseln und zerren und zupfen und einem den Bart streicheln und einen im Notfall mit Gift anschrillen wie eine Million Heugeißen, bloß um seine eigene Million Grillen durchzusetzen. Da sitze ich nun, aber wo sind sie jetzt, meine Weibsen? Da geht es mir doch wie Königlicher Majestät mit den lappländischen Regimentern Anno dreißig. Die sollt man gegen den Feind führen?! Kaum hatt' man sie zusamm, so hupft's auseinander mit Gequak und Gegecker wie ein Sack voll Frösch, und der Hauptmann steht allein vor der Batterie und kann aus der Haut fahren. O potz Käs und Kuhglocken, als die Kleinen gestern nachmittag heraufkrabbelten und einen Gruß brachten von Mutter und Großmutter und die Nachricht, heute gehe es nach Hohen-Bregenz zum heiligen Gebhard, da hab ich mir bei ihrer Lust gleich gedacht, daß das für mich ein sonderlich Vergnügen werden würde. Der Tiroler ist es nicht, die Erinnerung ist's, was mich auf den Kopf stellt. Dem Roten Egg bin ich seit einem Menschenalter nicht nahe gekommen, und nun muß ich der Alberschwendener Weiberstreifpartei hierher als Führer dienen! Ja, sicher wär's besser gewesen, wenn sie einen andern dazu kommandiert hätten, und doch – o, o, es ist, es ist ein sonderlich Vergnügen. Da hielt der Wrangel! Und dort fanden wir den Fähndrich Olafsson mit eingeschlagenem Schädel. Ja, klingelt nur und räuchert nur; ihr klingelt und räuchert uns nicht weg! Es war eben eine gloriose Wirtschaft, und es ist nur ein Elend, daß man nicht einen hat, mit welchem man anstoßen könnte: trink, Bruder, die schwedische Gloria soll leben – alle guten Gesellen zu Roß und zu Fuß sollen leben, und du sollst auch leben, Bruderherz! – Wo stecken nur die Weibsen? Das ist doch keine Art, einen mit der alten Zeit an einem solchen Ort alleine zu lassen! Ja, wenn ich nur die Kinder hätt', da könnt ich mich doch woran halten – ho, ho, der rote Tiroler und der General Wrangel, die haben nun die Oberhand über dich, Sven Knudson Knäckabröd – o Käs und schwer Geschütz,

Sven, es ist *doch* eine Lust und Annehmlichkeit, heut allhier auf Hohen-Bregenz zu sitzen und Anno sechsundvierzig mit dabeigewesen zu sein, als man es mit Sturm nahm; Herrgott, die Tränen kommen einem vor Wehmütigkeit in die Augen, und wann ich heut schwedisch reden hört, ich glaub, das Heimweh stieße mir das Herz ab.«

Die »Weibsen«, welche der Korporal Sven zum heiligen Gebhard hatte führen müssen, nämlich die Frau Fortunata, die Frau Aloysia und die kleinen Mädchen der letztern, hatten ihn natürlich sogleich nach der Ankunft auf dem Pfannenberge seinem Geschick und eigenen Gaudium überlassen. Den schwedischen Mann hatten sie immer zur Hand, aber um den Altar des heiligen Gebhard da gab es Bekannte und Verwandte, Freunde und Freundinnen, die man nicht immer zur Hand hatte.

»Ich vertret mir die Füß«, sagte der Korporal, »es hilft nichts, hier festzuwachsen. Sie werden mich heute nicht als Spionen hängen, wenn ich des Ortes Gelegenheit wieder einmal erkunde. Donner, es war doch eine tüchtige Arbeit, damals bei dem gefrorenen Boden, Schnee und Eis die Artillerie den Berg hinaufzubringen!«

Er hatte sich erhoben und reckte und dehnte sich und wandelte schwerfällig durch das Getümmel und betrachtete von neuem und von allen Seiten aus den Schauplatz, auf welchem er selber einst mit der Pike in der Hand so tapfer mitagieret hatte. Er stieg um die Ringmauern.

»Da kamen wir mit den Leitern und verloren manchen guten Mann. Da wollten die Herren Generals zuerst Bresche legen lassen; aber wir besannen uns eines Bessern und führten das Geschütz weiter ab. Dorthinein kamen wir! Vivat, vivat! Sieh, sieh, dort stürzt ich die zehn Schuh tief hinunter auf den Kopf und dacht, es wär mein Letztes; aber ich kam doch schnell genug wieder auf die Füße und war mit unter den ersten im Tanz! Es ist nicht zum Aushalten – man muß vor seinen lieblichsten Erinnerungen Reißaus nehmen, wann es einem so ergangen ist wie mir. Da sollt man ja ersticken. Die Mauern fallen einem auf den Kopf. Ich denk, ich nehme wirklich Reißaus und steige nieder zum See. Solch groß Wasser hab ich ja auch seit dem Elend am Fallenbach nimmer wieder in der Näh zu Gesicht gehabt.«

Wer des Veltliners zur Genüge trank, der weiß wohl, wie blau ihm der Himmel werden mag. Dem braven Korporal Sven wurde mehr als eine Fiedel auf dem Wege, welchen er jetzo ging, gestrichen; aber es klang ihm wie der Schall von hunderten in das Ohr, und dazu viel andere Instrumente, Pauken und Posaunen, und dann durch alles ein fernes Grummeln gleich schwerer Konstablerei in geordneter Feldschlacht. Alle Leute, die ihm begegneten, freuten sich über ihn; er aber ging so gravitätisch seines Pfades, als es sich bei der Steilheit des Berges eben tun lassen wollte, und so kam er hinab an das Ufer des Sees und blickte mit ernstem Kopfschütteln auf die breite Wasserfläche und wandelte langsam am Gestade hin bis zu der Seekapelle, allwo, wie wir bereits sagten, die Kähne der Gäste, die über das Wasser gekommen waren, an Stricken und Ketten lagen.

Wenn es in Bregenz und auf Hohen-Bregenz, in der Stadt und auf dem Pfannenberg hoch, lustig und lebhaft zuging, so war es desto stiller am Wasser um diese Zeit. Klar und ruhig lag der See da; die Enten und die Gänse ruderten und tauchten am Ufer, und fern auf der Höhe des Spiegels schwangen sich blitzend wie silberne Punkte die weißen Seeschwalben im Kreise, und weiße Segel stiegen über den Horizont herauf oder tauchten über ihn hinab, und die Stadt Lindau zur Rechten der Bucht streckte ihre Türme und Giebel so klar in die Tiefe, wie sie dieselben gegen den lichten Himmel emporhob.

Der schwedische Mann von der Lorena nahm den Hut ab, trocknete sich die schweißtriefende Stirn und atmete tief und erleichtert; dann aber schüttelte er mehr denn je den Kopf, nachdem er sich auf einen Stein am Ufer gesetzt und die Hände auf die Kniee geschlagen hatte.

»Ich hätt' auch dem nicht nahe gehen dürfen«, murrte er nach einer Weile. »Vom Berg aus darauf hinzusehen, hat mir nichts gemacht; aber in der Nähe ist's ein anderes und schlimmer als da oben die Rudera. Die Weibsen können es nimmermehr verantworten, daß sie mich hierher geschleppt haben; denn wenn ich sie darhingegen nach Jönköping am Wettersee setzen wollt, so würd ich mir wohl allerlei in die Ohren stopfen müssen von wegen ihres Geheuls und Heimweh. Jönköping! Da bin ich umhergezogen mit dem großen Gustav und nachher mit dem Banér, dem Torstenson, dem Königsmark und dem Wrangel und hab nimmer an den Wetternsee und meines Vaters Haus zu Jönköping gedacht, und heut hab ich selber Lust, darüber zu heulen wie ein Weib. Jetzt ist mir das Wasser noch ärger als das Land; – ja wahrlich, als ich mit dem großen Gustavus Adolfus über das Meer fuhr, da hab ich noch nicht gewußt, daß es doch zuletzt nur zum Kühmelken und Käsemachen ging, – o Donner und Nordlicht, hab ich das nur geträumt diese langen sechsundzwanzig Jahre, oder hab ich es wirklich und wahrhaftig erlebt? O ja, da möcht man doch auf Nimmerwiederaufgucken in den See untertauchen!«

Er war wild aufgesprungen, und dann tat er noch einen Sprung hinab vom Uferrande, doch nicht in das Wasser, sondern in den nächstliegenden Kahn, den er durch die mächtige Erschütterung fast zum Sinken gebracht hätte. Schwer fiel er auf die Bank und sah beinahe erschrocken nach der Stadt Bregenz und dem Berge des heiligen Gebhard hinüber. Aber niemand hatte ihm auf seine Schliche gepaßt, niemand auf seine Tat achtgegeben. Im nächsten Augenblick schon hatte er das Messer gezogen und mit einem Hieb das haltende Seil zerschnitten. Er war im Rausch, als er die Ruder ergriff, doch nicht vom roten Tiroler. Drei kräftige Schläge führten das leichte Fahrzeug hinaus auf den jetzt im linden Südwest sich kräuselnden See. Es gelang dem Korporal Sven Knudson Knäckabröd, den kleinen Mast aufzurichten und – er hatte nicht umsonst in seiner Jugend dem Herrgott halbe Tage mit dem Fischfang auf dem Wetternsee abgestohlen! – das Segel schiffermäßig zu entfalten und zu richten. Er war nicht im geringsten schuld daran; allein es war richtig – er war seinen Weibsen, der Frau Fortunata, der Frau Aloysia und den kleinen drei Schmelgen durchgegangen und befand sich bei günstigem Winde auf der Fahrt nach des Heiligen Römischen Reiches Freier Stadt Lindau im See.

# 5.

Es war gar lieblich auf den Wassern, vorzüglich für einen, der in so seltsamer Gemütsstimmung darüber hinfuhr wie der schwedische Hirt von der Lorena. Wenn es still am Ufer unter dem Fürberge war, so war's noch viel stiller auf der von der Nachmittagssonne beglänzten Bucht von Bregenz, und der Korporal Sven hatte eine gute Fahrt. Er saß und hielt die Hände vor dem Bauch gefaltet und ließ sein Schifflein gleiten vor dem Winde. Wie jetzt das Ufer hinter ihm versank oder die Berge sich vielmehr heraushoben, so hob sich nun auch vor ihm das niedrigere Hügelland des Allgäus und vor allem wie eine Stadt aus dem Wunderschatz der Frau Saga die Freie Reichsstadt Lindau.

Die grauen Mauern, deren Grund der römische Kaiser Tiberius Claudius Nero legte, als er hier die Rätier und Vindelicier besiegt hatte, lagen noch stiller da als der See. Die alten Linden nickten freundlich-schläfrig von den Bastionen, und die grün und silbern, rot und goldfarbig glänzenden Turmdächer von Sankt Peter und der Heiligen Dreifaltigkeit – den Diebsturm nicht zu vergessen – luden förmlich behaglich wie aus der Luft, so aus dem Wasser den braven Korporal Sven Knudson Knäckabröd zum Näherkommen ein. In dem kleinen Hafen lagen ruhig, nur da und dorten von einem weißen Spitzhund bewacht, die Lädinen und Halblädinen, die Segner und Halbsegner und dazwischen die Lustgondeln der wohlhabenden Reichsstädter, soweit sie sich nicht zu Bregenz befanden. Nur eine Bürgerschildwacht war auf der Mauer zu erblicken, und die schlummerte sanft auf ihre Partisane gestützt. Das Lebendigste auf dem Wall zu Lindau im See waren um diese Stunde die Fliegen, welche in Scharen über den erwärmten Geschützrohren summten.

Der Kahn des Schweden schoß durch den Schatten der Lastschiffe hin in den Hafen hinein und an die Hafentreppe, und als der Korporal sein Schifflein mit einem letzten Ruderschlag dort antrieb, fragte ihn niemand um das Wohin und Woher, und das war recht gut; denn im Augenblick hätte er vielleicht auf beides keine Antwort zu geben gewußt. Seit dem Kolbenschlag am Roten Egg war ihm nicht so verworren zumute gewesen, aber trotz allem war ihm heut doch die Welt behaglicher als damals, wo er sich auf dem blutigen Strohlager am Schanktische in der Taube zu Alberschwende vergeblich auf sich selber und seine Umstände zu besinnen suchte.

Doch wer auf eine solche Weise wie er im Hafen von Lindau anlangte, der mochte, nachdem das Schifflein am Lande lag, wohl selbst den Hut hin und wider rücken um die Frage: Was nun? und wohin nun? Der Korporal Sven stand und blickte an der nahen Stadtmauer empor und durch den dunklen Bogen, welcher in das Innere der Stadt führte, hindurch und rieb sich die Stirne. In dem nämlichen Augenblick aber erschien über der Mauerbrüstung ein dicker, roter, von schneeweißem Haar umflusterter Kopf, der sich ächzend auf zwei gewaltige Fäuste legte und entsetzlich gähnend auf den See hinausstarrte. Dasselbige Haupt spie verächtlich von der Mauer der Freien Reichsstadt hinab; ein nicht geringer Mund öffnete sich, und – plötzlich – ganz unvermutet, und von einer solchen Erscheinung auch gar nicht zu vermuten, fing das Ding an zu singen, und zwar eine Weise, welche im Munde des schwedischen Volkes schon seit mehr denn hundertfünfzig Jahren umging.

Und in schwedischer Zunge sang das Unding auf der Mauer heiser und gräßlich:

>»König Gustav reitet nach Dalarne
>Zum Thing mit den Dalkarlen sein;
>Doch Christiern liegt vor Södermalm
>Und frißt gestohlene Schwein«;

und wie heulend in Verdruß, Ärger, Entrüstung und Wehmut:

>»König Christiern sitzt in Stockholmschloß
>Und säuft unsern Met und Wein!«

»Blitz und Donner! Alle guten Geister!« stöhnte der Korporal Sven Knudson Knäckabröd, versteinert nach dem Sänger aufstarrend; doch der da oben gähnte noch einmal und scheußlicher als zuvor und fuhr fast noch unmelodischer fort:

>»Hört alles, was ich euch biete an,
>Vom Tal, ihr meine Mannen:

Wollt ihr mir folgen nach Stockholm
Und schlagen die Jüten von dannen?«

Mit beiden Händen griff der Korporal Sven Knudson Knäckabröd nach seinem Haupte, wie im wilden Zweifel, ob er dasselbige auch noch auf den Schultern trage; und als er es noch an Ort und Stelle fand, tat er einen Satz und brüllte seinerseits zu dem Sänger auf der Mauer hinauf:

»Ums Rebhuhn und ums Eichhorn ist's,
Sobald wir zielen, geschehn;
Und dem Blutracker Christiern,
Dem soll's nicht besser gehn«;

und die Wirkung nach oben hinauf war nicht geringer als die von oben herunter.

Auch der da oben schnellte empor und beugte sich über die Brüstung und schrie:

»Bei der blauen Fahne Wasas, ist ein Spuk, ein Trold aus dem See aufgestiegen, oder ist's ein Landsmann? Ho Landsmann? Landsmann!«

»Ho Landsmann!« rief der Hirte von der Lorena; aber da er einmal im Zuge war, so brüllte er weiter, daß die Bastionen der Freien Reichsstadt Lindau wie im Schrecken widerhallten:

»Das reißt nun in meiner Seite,
Ich fühle mich so beengt;
Auch ich hab von den Fischen gekostet,
Die man in Dalarne fängt.«

Die Bürgerschildwacht im Lindenschatten erwachte bei den Mißtönen aus ihrem süßen Schlummer und faßte zusammenfahrend die Pike an. Die Mauertreppe aber herab stürzte der Hafenwärtel der freien, frommen und biderben Reichsstadt Lindau im See, Rolf Kok, umfaßte mit beiden Armen den Mann von der Lorena, schüttelte ihn heftig und rief:

»Kerl, in aller Welt Namen, Kerl, Kerl, wo kommst du her? wo bist du jung geworden? wer bist du?«

»Arkebusierer Korporal Sven Knudson Knäckabröd im gelben Regiment Oxenstjerna – versprengt im Gebirge – dorten! Melde mich zurück, Korporal Rolf Rolfson Kok, denn der seid Ihr und kein anderer! Die Finne da auf Eurem linken Nasenflügel habe ich sechzehn Jahre lang beim Aufmarsch in die Linie zur Rechten gehabt, und die Schmarre da habt Ihr von dem Nürnberger Malhör, Korporal Kok. Melde mich zurück, Korporal!«

»Und wir schreiben vierundsiebenzig! Mensch, o Mensch, Mensch, du bist der Sven, den wir hinter seinem Rücken Hahnentritt nannten, von wegen seiner Gangart? Und das passieret einem, nachdem man sich seit Anno sechsundvierzig nicht mehr zu Gesicht gekriegt hat, heut hier zu Lindau an der Hafenmauer? O Sven, wo ist die Kumpaneia? wo Hauptmann, Leutnant und Fähndrich? wo sind die Fahnen und Trommeln? wo der Herren Generale Gnaden? Sven Knäckabröd, wo du herkommst, weiß ich noch nicht; aber ich, ich sitze hier seit dem Lindauer Sturm – erst als Invalid, dann als Bürger und Ehemann – und als Witwer und Hafenvogt, und sie haben mir noch nicht einmal meinen Namen gelassen: Meister Gockele nennen sie mich! Ja, das Gockele nennen sie mich; und du bist Sven Knudson Knäckabröd, und wir sind beide mit dem König herübergekommen und standen mit bei Breitenfeld, bei Lützen und liefen mit bei Nördlingen und zogen mit dem Wrangel gegen die Schneeberge, o Sven, Korporal Sven, Kamerad Sven, ich heule wie ein Kind!«

»Und ich heule mit, Korporal! Kamerad Rolf«, schluchzte der andere. »Siebenundzwanzig Jahre habe ich bei dem Vieh sitzen müssen, und nach so großer Gloria und gewaltigen Schlachten habe ich die Kühe gemolken und Käse gemacht, siebenundzwanzig Jahre durch. Rolf, o Rolf Rolfson Kok, am Fallenbach, am Roten Egg haben die Weiber uns alle totgeschlagen, nachdem wir Bregenz da drüben genommen hatten, und heut hat mich erst die gute alte Zeit in den Ruderibus verwirret, und nachher hat mich der Nix über den See gelockt. Im Traum bin ich über den See gefahren, und der Nix hat gewußt, daß Ihr hier auf der Mauer von Lindau auf mich wartetet, Korporal Rolf Rolfson Kok.«

Sie hielten sich in den Armen, die beiden alten Schweden. Sie küßten sich, und die Tränen rollten ihnen über die gelbbraunen Backen. Sie tätschelten sich zärtlich die breiten Buckel und hatten eine Freude aneinander wie ein Brautpaar im Maienmond. Es war aber auch keine Kleinigkeit, was ihnen begegnete an diesem Festtage des heiligen Bischofs Gebhard, den sie und ihre Kriegsgenossen vordem so hart mit Geschütz und Sturmanlauf bedrängt hatten und dessen Wiege und Burg der eine von ihnen mit niederwerfen half.

Sie waren sehr gerührt, die beiden braven schwedischen Korporale; aber nach der Rührung kam natürlich wieder um so heftiger der Durst, und dessen wurden sie nunmehr mit großer Lust inne. Da faßte der Korporal Gockele den Korporal Hahnentritt unter den Arm und sprach: »Komm, Herzensbruder, ich weiß unsern Ort und will dir daselbsten etwas zeigen, so dir das Herze erfrischen soll, besser als der kühlste Trunk aus des Kronenwirtes Keller.«

Er führte ihn in das Wirtshaus »Zur Krone«.

# 6.

Wer heute zu Lindau im See sei's mit dem Dampfboot landet oder mit dem Bahnzug anpfeift, der findet die Krone noch immer an ihrer Stelle. Einst zog sich die Stadtmauer dem Wasser entlang davor her: die Mauer ist längst gefallen, aber das gute, alte Wirtshaus steht noch fröhlich aufrecht.

Wer heute durch den gewölbten Torweg geht und die Treppe hinaufsteigt, der findet auch heute noch zu Anfang eines langen, hellen, weißen Ganges das, was der Korporal Rolf dem Korporal Sven zu höchster Herzerfrischung weisen wollte, und mag sich ebenfalls daran erfrischen. Da hängt nämlich von der Decke herab eine eiserne Kugel an eiserner Kette – eine Bombe des Feldmarschalls Karl Gustav Wrangel, und das Bild des Feldmarschalls hängt an der Wand daneben.

Beides gehört zu dem Hause seit dem Jahre 1647, seit dem Momente, in welchem der Herr Feldmarschall diese Bombe in die Freie Reichsstadt Lindau hineinschoß und Grimmiges mit ihr im Sinn hatte, was sich gottlob nicht erfüllte, denn das Untier durchschlug nur das Dach des guten Wirtshauses und blieb, ohne weitern Schaden anzurichten, auf dem Hausboden liegen – 180 Pfund schwer.

Damals hat man den unfreundlichen Gast vorsichtig aufgehoben, ihn seiner verderblichen Füllung entledigt und ihn bei ruhigerer Zeit an besagter Kette am Gebälk aufgehängt zum ewigen Gedächtnis des Generals Wrangel und seines groben Geschützes. Der Korporal Rolf aber hatte vollständig recht: im Jahre 1674 gab es keinen bessern Augentrost für den schwedischen Mann der Wirtin zur Taube in Alberschwende als diese Kugel und dies Bildnis in der Krone zu Lindau.

Im Jahre 1674 sah die Krone nicht so hell und freundlich aus als heute. Die Wände waren nicht mit Kalk getüncht und noch weniger al fresco mit heidnischen und christlich-ritterlichen mittelalterlichen Festivitäten bemalt. Aber das Haus war schon damals gut und verdiente seinen Ruf weit übers Allgäu hinaus, und der Hafenwärtel Rolf Kok, genannt das Gockele, kannte das Getränk und hatte sein Kerbholz fröhlich hinter der schwarzbraunen Eichentür der Zechstube. Fürs erste aber stellte er den wiedergefundenen Kriegskameraden unter die Schwedenkugel, wies auf sie hin und wies auf das Bild des Feldmarschalls und sagte:

»Da, Herzbruder, da!«

Der Hirt von der Lorena rieb sich die trüben Augen, starrte auf die Bombe, starrte auf das Bildnis seines Generals, tat einen Sprung und schüttelte sich, als ob er die Jahre und sein Leben unter dem Kommando der Frau Fortunata und sein Leben auf der Lorena mit einem Ruck abschütteln wolle. Er streckte die ausgebreiteten Arme dem Feldmarschall und der schwedischen Kugel zu und rief aus vollem Halse:

»Vivat Gustavus Adolfus! Vivat Gustavus Wrangel! Es leben die Löwen aus Mitternacht!«

Und er tat einen zweiten Satz und schrie zum zweitenmal, daß die Wände erzitterten und ein einsamer Zecher nebenan in der Trinkstube sich von seinem Tisch im Winkel erhob, aufstand und den Kopf aus der offenen Tür in den Gang vorstreckte. Dem Kopfe nach folgte der übrige Mann, und das Ganze war wohl einer Schilderung wert.

In dem alten, langen, hagern und gelben Gesichte mit dem eisgrauen, spitzgewichsten Knebel- und Schnurrbart umfunkelten zwei kohlschwarze Augen eine lange, scharfe Nase. Zwei lange, einknickende Beine in engen schwarzen Hosen und schwarzen Strümpfen trugen den mit schwarzer Schoßweste und schwarzem Rock angetanen dünnen Leib, und als die Kreatur den Hut abnahm und in die Luft schwang, da entblößte sie einen ratzenkahlen gelblichen Schädel:

»Cospetto! O Jesus Maria! Vivat Ferdinandus!«

Wie auf ein Kommandowort fuhren die beiden Korporale herum, als ihnen so unvermutet auf ihren eigenen schwedischen Schlachtruf das wohlbekannte Feldgeschrei und die Losung des kaiserlichen Heeres entgegenschrillte. Und siehe, schon kam der schwarze, lange Mann, auf sein spanisch Rohr mit dem Messingknopf gestützt, herangehinkt, fegte in tiefer Verbeugung den Boden mit dem Hutrande und sprach höflichst:

»Bitte um Permission, Signori, – Kriegskameraden von der andern Seit? Groß Ehr! groß Ehr! – – Hab das Vergnügen, mich denen Herren zu rekommandier. Signor Tito Titinio Raffa, Zahlmeister im Regiment zu Pferd Strozzi. Hatt' schon die Ehr vordem bei Breitenfelda – groß Ehr, groß Ehr, groß Battaglia! Woll die Herren eintret und niedersitz zu einem Trunk und freundlich Diskurs? Groß Ehr, viel Vergnügen und gut Kameradschaft!«

Mit allem Eifer schüttelten die beiden versprengten schwedischen Kriegsleute dem versprengten Reitersmann vom Regiment Strozzi die dargebotene Rechte, und im nächsten Augenblick saßen sie mit behaglichem Ächzen nieder an dem Tische, von welchem der Herr Zahlmeister aufgestanden war, um sie zu begrüßen: die Frau Wirtin zur Taube in Alberschwende hatte um diese Tageszeit, das heißt um Sonnenuntergang, auf dem Gebhardsberg gut suchen und rufen nach ihrem treuen Knecht Sven Knudson Knäckabröd aus Jönköping am Wettersee.

# 7.

Die Lichter des Tages waren längst verglüht auf Gefild, Berg, Wald, Tal und See. Die glänzenden Spitzen des Kamor, des Hohenkasten und des Säntis drüben im Appenzellerland hatten sich in der Nacht verloren: der Mond sollte erst später aufgehen.

Die Lichter in den Wohnungen der Menschen waren angezündet worden, und der Tisch der drei Helden in der Krone zu Lindau bot jetzt ein seltsam Schauspiel dar.

Wenn der aus dem Land Tirol, der Rote, ein sauber Getränk ist, das des Menschen Herz erhebt, so hat der Bayern Bier auch seine löblichen Verdienste, und die drei Krieger tranken davon und hatten davon getrunken. Die beiden wackeren Schweden saßen wie aus Granit zurechtgehauen fest, mit den kurzen Tonpfeifen im Munde; aber der italienische Sprachlehrer Tito Titinio Raffa, vordem Zahlmeister im Regiment Strozzi, stand aufrecht, soviel ihm das möglich war, focht wild mit beiden Händen in der Luft umher und beweinte gellend die schönere Vergangenheit und das Elend der Gegenwart, ja die schönere Vergangenheit, deren er Genuß gehabt hatte von dem Tage an, wo sich bei Breitenfeld nach des Schwedenkönigs Wort eine Krone und zwei Kurhüte an einem alten Korporal rieben.

»Da ging es freilich mit Sang und Klang, mit Pauken und Posaunen herum im deutschen Lande«, winselte er. »Die güldenen Ketten fielen einem aus dem Pulverdampfe um den Hals, und die güldenen Dukaten raffte man zu Haufen vom Erdboden auf und kümmerte sich wenig drum, wie arg er zerstampft war. Die Fackeln und Lichter brannten im Tanzsaal von einem Jahre ins andere – und die Lust war immer dieselbe, ob man den Feind schlug oder ihm die Fersen zeigte. Im letzten Grund gab es ja gar keinen Feind, sondern nur einen lustigen Bruder, der auch zum Fest von der dummen deutschen Nation eingeladen worden war, einen vergnügten Bruder und Kriegsgesellen, mit dem man bei Geigen- und Trompetenklang eben sein Tänzlein machte, wie es sich schicken wollte: heut oben an der See, morgen mitten im Land, heut am grünen Rheinstrom, morgen an der gelben Weser und übermorgen an der blauen Donau. Gute Kameraden, nichts als gute Kameraden in jedem Lager, unter jeglicher Fahn und Standarte! Das war ein Leben, wie es die Welthistorie noch niemalen aufgezeichnet hatte und wie kein Kriegsmann zu Roß und zu Fuß es sich jemalen lieblicher ausdenken mag. Das Herz geht mir heut noch im Galopp gegen die gute alte Zeit durch, wenn ich daran denk, wie der Leutnant Schneeberg von Götzen Kavallerieregiment nach der Lützner Schlacht, nach verlorener Bataille, des Königs Gustavi Adolfi goldene Kette in Halle auf den Tisch warf und für sich allein Viktoria rief!«

»So ist's, obgleich Ihr davon grade nicht reden solltet, Zahlmeister«, murrte der Korporal Sven. »Ein Türkis hing dran von der herrlichsten Art. Sie hatten ihn ausgegraben in dem Gebirg Piruskua, zehn Meilen von der Stadt Moscheda; ich hab ihn tausendmal blitzen sehen, wenn die Majestät die Front hinabritt, und wir vermeinten alle, der Stein mache schuß-, hieb- und stichfest; doch es war nicht an dem, wie sich ausgewiesen hat; aber der Teufel soll Euch doch holen, Zahlmeister, weil Ihr gewagt habt, die Hand daran zu legen!«

»Di grazia, prego perdono! Verzeihung, ihr Herren; ich rede nur davon um des Elends von heute willen. Der Domeneddio stand damals auf jeder Seite. Ihr hattet den Sieg, wir den Türkisen schwedischer Majestät. Jeglichem seinen Spaß und – freie Hand überall! Das war die Parol bis zum Jahr achtundvierzig. Nun ist es lange für alle aus, und keiner hat dem andern einen Groll nachzutragen.«

»Nein, keine Feindschaft um das, was vergangen ist; ich trinke auf Eure Gesundheit, Herr Zahlmeister vom Regiment Strozzi!« rief der Korporal Rolf Rolfson Kok. »Was uns schwedische Männer insbesondere betrifft, so brauchen wir uns wenig zu grämen. Wir haben behalten, was wir gewonnen, und decken ein gut Stück deutschen Landes von Greifswald bis Verden mit unsern Piken und Musketen.«

In demselben Augenblick setzte sich der Italiener kurz nieder, und ein Grinsen der Schadenfreude überzog, trotz aller guten Gesinnungen gegen seine früheren Feinde, sein gelbes Gesicht. Er pfiff auch einen langen Pfiff und zischelte:

»Decket es mit, Camarado, es tut not. Dorten werden freilich bald genug die Trompeten noch einmal zum Antraben rufen: aber für unsereinen ist keine Freude mehr dabei, so wenig als bei des französischen Louis und des Kaisers Spektakul drüben am Rhein. Diesmal sollet ihr die Prügelsuppe für euch allein haben, ihr nordländischen Bären.«

Vier Fäuste krachten auf einmal auf den Tisch; ein halb Dutzend grausamlicher schwedischer Flüche schmetterte dazwischen, und auf den Füßen standen nunmehr die zwei Korporale und riefen wie aus einem Munde:

»Was singet der Herr da?«

Der Italiener lachte und winkte begütigend dem Hafenvogt:

»Könnt Ihr es leugnen, Camarado, daß ihr euch da unten Gewaltiges und Tückisches vorgenommen habt? Der Signor aus der Wildnis hat freilich bei seinen Murmeltieren geschlafen; aber wir andern wissen doch noch ein wenig, wie es in der Welt zugehet, und meine Opinion ist augenblicklich, daß ihr euch diesmal bei dem Handel tüchtig die Pfoten verbrennen werdet. Ha, leugnet es nur, aber es ist so! Ihr werdet ihn mitnichten halten, den zehenjährigen Neutralitätsvertrag, nun da die Katz vom Haus ist und die Kurfürstlichen Gnaden von Brandenburg mit dero hohen Sposa, dero Kurprinz und dero glorreicher Armada zum Kaiserlichen Kommandeur, dem Duc de Bournonville, am Rhein aufgebrochen sind.«

»Man wird ihn halten!« rief der Hafenwärtel.

»Ich sage no! Und ich sage dazu, nehmet euch in acht! Die Welt ist älter geworden seit unsren jungen Tagen, und neue Hände sind an einem neuen Werke.«

»Zahlmeister! Zahlmeister!« rief Rolf Rolfson Kok drohend.

»Pazienza, adagio! Möcht wohl einmal in eure Magazine in Stettin hineingucken. Das wird schon jetzt ein lustig Zufahren von Piken und Musketen, Pulver, Blei und Geschütz im Hafen von Wismar sein. Ohe, Signori, das wird ein lustiges Klingen von französischem Geld auf den Tischen von Stockholm und in den Taschen eurer Generale geben!«

»Ihr seid ja ein recht feiner, politischer Kopf, Herr Kamerad vom Regiment Strozzi«, brummte Sven Knudson Knäckabröd, ungewiß, ob er das Ding für eine Schmeichelei oder das Gegenteil nehmen solle.

»Bin ich doch Zahlmeister gewesen!« lächelte Signor Tito Titinio Raffa. »Erzürnet euch nicht, wir haben es auch nie anders gehalten. Cospetto, wünsch euch aus vollem Herzen, daß ihr euern Wunsch durchsetzen möget. Der Herr Turennius mit Eisen und Stahl am Rheinstrom und der klingende französische Sack in Stockholm werden wohl nach Kräften dazu helfen; aber – aber nehmet euch in acht, daß euch der Brandenburger nicht doch die Karten aus der Hand schlage.«

»Er wird es wohl nicht«, meinte Rolf bärbeißig.

»Will es euch wünschen; aber – aber saget doch: mit dem Herrn Feldmarschall Carolo Gustavo Wrangelio, dessen Bild und eisern Gastgeschenk da draußen aufgehängt ist, seid ihr vordem hierher gekommen?«

»Mit demselbigen!«

»Nun denn; wann ihr heut abend noch von hier abreiset, so trefft ihr ihn vielleicht schon auf dem Marsche nach Berlin.«

»Vivat! Es lebe der Held aus Mitternacht!« schrie der Korporal Sven, der bis jetzt mit immer steigender Verwunderung von einem der beiden Politiker auf den andern gesehen hatte und nur mit Mühe den Sprüngen ihrer Unterhaltung gefolgt war. Jetzo aber war es ihm auf einmal ganz klar geworden, wieviel Welthistoria er im Bann und Dienste der Frau Wirtin zur Taube in Alberschwende und bei seinen Kühen und Geißen auf der Lorena versäumt habe.

»Schultert's Gewehr! An die Piken! Aufgesessen, Kürassiers und Dragoner!« brüllte er und fügte im leiseren Ton hinzu: »Aber es gehet mir auf wie ein Nordlicht, daß ich schon einmal darbeigewesen bin mit denen Brandenburgern, und damals war's nichts Großes, und wir lachten auch allsamt über den Spaß. Ja, es war Anno einunddreißig, Korporal Rolf, Ihr wisset, als auch wir zuerst auf Berlin marschierten, fünfzehnhundert Mann zu Fuß und zu Pferde mit dem Könige und vier Kanonen. Wir kamen von Köpenick, allwo das große Lager war und hatten unsre Lust mit dem damaligen Kurfürsten Georg Wilhelm und seiner Kurfürstin. Sie handelten mit uns bis zum letzten Augenblick und kamen zum Vergleich erst, als die Konstabler die Lunte aufschlagen wollten, um ihnen das Verständnis zu wecken. Jawohl, jetzt fällt es mir genau bei. Sie gaben uns nach endlich abgeschlossenem Pakt das Geleit vor die Stadt, und da wollten ihnen beim Abschied Königliche Majestät doch noch eine unverdiente Ehre antun und ließen eine Generalsalve geben aus großem und kleinem Gewehr. Das war der Spaß! Der Feuerwerker hatte vergessen, das Geschütz von der Stadt abzurichten, und weil wir zuerst als Feinde gekommen waren, so schossen wir nun auch als Freunde scharf und deckten ihnen ganz ohne bösen Willen die Dächer ab. Das gab denn freilich ein groß Geschrei der Damens, und Königlicher Majestät war's sehr unangenehm.«

»Ich war nicht dabei, Korporal Sven«, sprach der Korporal Rolf, »ich stand damals in Köpenick mit der Hauptmacht. Aber die Sache ist so, und zuviel ist da auch niemandem geschehen; denn während wir ihnen nur ein paar lumpige Schindeldächer abdeckten, deckte uns der alte Korporal, der Tilly, die ganze Stadt Magdeburg ab. Der Gustavus Adolfus hat es dem Brandenburger nie vergeben.«

»Das sind alles alte Geschichten«, meinte der Signor Raffa gähnend. »Auch ist es nicht weit von Mitternacht, und morgen früh reis ich zurück nach Augsburg, sintemalen niemand der hiesigen Barbaren, weder Mann noch Weib, ein Gelüst zeigt, die bella lingua toscana zu erlernen. Cospetto, um nichts Ärgeres zu sagen! Die Herren und Kameraden mögen einen guten Schlaf tun; – es war mir ein groß Ehr und Vergnüg, mit meiner angenehm Conversazione aufzuwarten.«

»Möge dem Herrn unsere schlechte Gesellschaft gleichfalls gefallen haben«, sprach der Korporal Rolf, während der Korporal Sven stumm, aber mit militärischem Anstand salutierte. Die Schenkstube der Krone hatte sich allmählich mit Gästen sehr gefüllt; aber die drei Kriegsmänner hatten wenig davon gemerkt und gar nicht sich darum gekümmert. Sven und Rolf verwunderten sich dann erst darüber, als der Zahlmeister vom Regiment Strozzi zierlich Abschied genommen hatte.

# 8.

Wer in dieser Nacht durch die Gassen der alten Freien Reichsstadt Lindau wandelte und, was freilich nicht zu vermuten stand, einen Sinn für Naturschönheit hatte, der mochte wohl über der augenblicklichen Lieblichkeit der Erde vergessen, wie wild es auf eben dieser Erde immer noch aussah, trotzdem die drei greisen Kriegsgesellen sich soeben erst über die nichtswürdige Friedensseligkeit und jammerhafte Langeweile, die ihnen in ihrem Alter zuteil geworden waren, so herzzerbrechend beklagt hatten. Im silbernen Mondenglanz lag jetzt der See rund um die Inselstadt her und spülte nur lind und leise an die uralten Mauern. Drüben kam der junge Rhein wahrlich friedlich aus dem Graubündnerland hervor; aber auch der, nachdem er den großen See durchströmt, Konstanz gegrüßt und bei Schaffhausen den lustigen Sprung gewagt hatte, sah und vernahm in seinem fernern Laufe mancherlei, was nicht nach Frieden klang und aussah. Sie waren hart am Werke miteinander: der Kaiser Leopoldus, daß er das Elsaß, um der ewigen Verdrießlichkeiten darob entledigt zu werden, so anständig und still als möglich losschlage, – König Louis, daß er es mit größtmöglichstem éclat, Jubel und Feuerwerksgeprassel in Empfang nehme. »Uns gefällt nicht ein mächtiger Fürst der Wenden an der Ostsee!« hatte der allezeit Mehrer des Römischen Reiches Deutscher Nation in Wien gesagt und seinem Feldherrn im Lager bei Straßburg, dem Herzog von Bournonville, Befehl gegeben, sich lieber dreimal von den Franzosen schlagen zu lassen, als einmal dem brandenburgischen Kurfürsten Friedrich Wilhelm Gelegenheit zu geben, seine Pflicht gegen das Reich mit Gloria zu erfüllen. Da hatte denn der Herr von Turenne natürlich ein leicht Spiel und hat es auch trefflich benutzt; – doch das sind alte Geschichten, wie Signor Tito Titinio Raffa sagen würde, und wir haben uns an dieser Stelle nicht weiter damit zu beschäftigen.

Auf den Mauern der Inselstadt Lindau schritten die wenigen Wachen unter den Linden und zwischen den Geschützen langsam auf und ab, und auch auf ihren Partisanen und Musketen blitzte das Mondenlicht. Der berühmte Gasthof »Zur Krone«, dicht hinter der Stadt- und Hafenmauer gelegen, lag im tiefsten Schatten bis auf die gleichfalls weiß glänzenden Giebel und die Wetterfahnen. Die beiden späten Zecher, welche jetzt aus demselben hervortraten, standen anfangs ziemlich unschlüssig ob ihres Weges in dem Dunkel.

»Nicht unter Dach«, schluchzte der Korporal Sven Hahnentritt. »Bruderherz, nicht unter Dach! Ich hielt's nicht aus! Mir summt's im Kopfe, als ob zehentausend Trompeten drin zum Angriff bliesen, mir kocht es in den Adern, als ob die Regimentssudler drin für eine Armee von zwanzigtausend Mann die Feuer schürten. Unter Dach, und wäre es von purem Golde, müßt ich ohne Gnad und Ranzion elend ersticken.«

»Nicht unter Dach, Bruder«, schluchzte auch der Korporal Rolf, zu Lindau genannt das Gockele. »Du hältst mich und ich dich, und so kommen wir ohne Halsbrechen jene Walltreppe hinauf, und da setzen wir uns und reden weiter vom glorreichen Schweden und dem großen Könige und dem großen Kriege. Hupp – marsch – hoho, ich glaube, die Weiber nennen das Wehmut, was uns beide am Schopf gepackt hält; ich glaub, wenn's möglich wär, käm ich heut nacht zum erstenmal in meinem Leben zum Heulen und Greinen.«

Sie schwankten hinein in den Mondschein und kamen glücklich auf die Mauer, und da saßen sie nieder auf der Bastion auf einer alten bronzenen, wirklich schlangenhaften Wallschlange, die vielleicht schon den Kaiser Maximilian begrüßt hatte, als er zum Reichstag nach Lindau kam, um »die Reichskammergerichtsordnung zu Faden zu schlagen«.

Da saßen sie, ein Paar alter, grauer, nordischer Seebären, im Mondenlicht und sahen hinüber nach den Schweizer und Tiroler Bergen und unterredeten sich gar lieblich von neuem. Es waren zwei sehr unromantische Burschen; allein sie hatten beide genug erlebt, daß ihr Gespräch, ohne daß sie es wußten, fühlten und wollten, im hohen Grade romantisch war, vorzüglich der Teil, welchen der Korporal Rolf auf sich zu nehmen hatte.

»Das wird allmählich anjetzo ein Aufsehen um mich da drüben geworden sein«, sagte Sven. »Hui, lug, da geht noch eine Rakete auf, als ob sie mich zurückriefe. O Rolf Rolfson, es wird mir wunderlicher von Minute zu Minute.«

»Das macht der Mond und die Feuchtigkeit in der Krone und der welsche Signor, Kamerad. O Sven, Sven, auch mir steigt es warm und heiß und immer heißer herauf. Stelle dir vor, daß das alte Schweden da so ruhig an seiner Stelle liegengeblieben ist mit allem, was darzu gehört, und daß wir so weit in der Welt herumgekommen sind zu Roß und zu Fuß, als Sieger und als Gefangene der Weiber und Spießbürger! Es drückt mir das Herz ab, wenn ich jetzt auf das helle Wasser sehe und denke an die Ostsee und die große Flotte und den großen König Gustav, und wie wir landeten, die Mannen aus allen Provinzen, Ost- und Westgoten, Dalkarlen, Finnen und sogar die einfältigen, albernen Lappen! Wenn ich dran gedenk, wie wir niederknieten, Gott zu danken, dann wiederaufstanden und an die Arbeit gingen und darbei blieben achtzehn Jahre, achtzehn lange, glorreiche Jahre durch! O Bruder Sven, die Schweizer dorten, die reden immer von ihrem Heimweh, auch wenn's niemand verlangt; aber du, Sven, hast mir das Heimweh heute mitgebracht! Ach Schweden, Schweden! Sven, möchtest du nicht auch nochmalen die blauen und die gelben Regimenter in Linie sehen mit der Sonne auf den Helmen und Kürassen und den Herren Generals und Obristern vor der Front?«

»Sei still, ich komme um!« winselte der Korporal Sven Knudson Knäckabröd. »Ich habe die Kühe gemelkt und saß zwischen den Käsen, bis gestern morgen; und sie schulterten bis an die Weser vor den gewonnenen Städten, sie schlugen weiter gegen die Polen und gegen die Jüten! Sie schlugen bei Warschau drei Tage lang, sie marschierten über das Eis nach Seeland; um Kopenhagen lagen und ritten sie. Sie schlugen die Russen, und ich hab das alles erst heut abend durch dich und den welschen Signor erfahren, und ich ließ mich von den Weibern fangen und zum Kinderwarten abrichten, anstatt den Verband abzureißen und in Ehren zu sterben!«

»Du hast es doch noch gut gehabt, Kamerad. Du saßest da in deiner Wildnis und sahest nichts und hörtest nichts, und alle die guten Dinge, von denen du eben sprachst, sind dir freilich erst heute abend zu Kopf gestiegen. Mir aber hat bis zu dieser Stunde die Kugel unseres Feldherrn in der Krone auf dem Herzen gelegen. Ach Korporal Knäckabröd, was meinet Ihr, wenn wir den Weg fänden?«

»Den Weg wohin?« schrie der Hirte von der Lorena atemlos.

»Den Weg nach Hause! Den Weg zu den Fahnen mit dem Löwen von Mitternacht!« schrie der Hafenwärtel von Lindau emporspringend. »Korporal – Kamerad, Herzbruder, wenn wir zur rechten Zeit kämen, um noch einmal – vor Torschluß, Sven! – noch einmal, einmal in Reih und Glied zu treten?! Der Karl Gustav, der Wrangel, unser General ist ja wieder an der Spitze, der nicht jünger ist als wir! Der Wrangel marschiert, der Wrangel, mit dem wir hierher kamen! Das ist das Heimweh, Kamerad, und wir gehen, Kamerad, – wir marschieren, Herzbruder; wir desertieren – wir gehen zum Wrangel – in dieser – Nacht noch!«

»In dieser Nacht noch!« ächzte der Kriegsgefangene der Frau Fortunata Madlener zu Alberschwende und drückte beide Fäuste auf die Augen. Dann sprang er von dem Geschützlauf empor und sang im halben Wahnsinn des höchsten Jubels in die Mondenscheinnacht hinaus:

»Auf Dovrefjeld im Norden
Liegen die Kämpfer ohne Sorgen.

Ruhe im Glied!... Wir gehen zum Wrangel! O wenn es doch wahr wär, wann ich morgen früh aufwache!«

»Hast du ein Eigentum, drüben bei den Hirten im Gebirge, Sven?«

Der Korporal schüttelte den Kopf und schob die Hände tief in die leeren Hosentaschen.

»Ich hab in meinem Turm dorten aller Welt Schätze«, grinste Rolf Rolfson Kok; »einen Tisch, einen Stuhl, einen Strohsack, eine Muskete, ein halb Dutzend Angelruten und allerhand Netzwerk, drei Töpfe, eine Pfanne und einen Finken im Bauer. Den Vogel laß ich fliegen, denn wir fliegen ja selber; – dreißig Gulden hab ich auch, die hol ich, und alles andere vermach ich dem Rat und der Bürgerschaft von Lindau. In zehn Minuten sind wir reisefertig. Dort liegt mein Kahn – in zehn Minuten schwimmen wir auf dem See und, weißt du, in Nonnenhorn landen wir und müssen dann sehen, wie wir den Weg weiter finden. Courage, Alter; sitze still, bis ich wiederkomm. Jetzt mach ich den Kehraus in meinem Quartier, und morgen früh sind wir weit hinaus auf dem Marsche nach Hause!«

# 9.

Am folgenden Morgen war die Verwunderung nicht nur des Rates, sondern auch der ganzen Stadt Lindau im Bodensee groß ob des Verschwindens ihres schwedischen Hafenvogtes. Die Kinder in den Gassen kannten den Meister Gockele, und die Alten waren mit seiner bärenhaften Erscheinung und seinem zerfetzten und zusammengeflickten Deutsch auf dem vertraulichsten Fuße. Es war in der Tat kein Wunder, daß man den Korporal Rolf Rolfson Kok sehr vermißte, sowohl in den Gassen der Stadt wie in ihren behaglichsten und berühmtesten Schenken und Gaststuben.

»Und zur Zeit der Rädle noch gar?!« murmelten die erfahrenen und gewiegten Zechkumpane. »Zur Zeit, wo der Neue schon an die Türe pocht! Es ist nicht auszudenken. Ja, wenn der See den Leichnam nicht bald ausspült, so ist es sicher, daß der böse Feind das Gockele am Fittich nahm. Aber er war doch ein guter Kamerad; – schade um ihn.«

War die Aufregung groß ob des Verschwindens des Korporals Rolf in der Freien Reichsstadt Lindau, so trat sie doch vollständig in den Schatten vor dem Lärm und Aufruhr, welchen das Verschwinden des Korporals Sven jenseits des Fürberges hervorrief. Es war eben ein anderes, ob jemand für die volkreiche Stadt Lindau, und ein anderes, ob jemand für das Dorf Alberschwende und die Lorena verlorenging. Die gesellschaftlichen Zustände litten an den letzten beiden Orten viel mehr darunter als an dem erstern, und die Wirtin zur Taube war nicht ohne einige Berechtigung um ein bedeutendes giftiger, betrübter und jähzorniger als der Rat und die Bürgerschaft der Freien Stadt.

Wir müssen darauf verzichten, die Gefühle der Frau Fortunata, der Frau Aloysia und der drei hübschen Schmelgen zu schildern, als sie am Abend des verhängnisvollen siebenten Augustes anfingen, nach dem Korporal sich umzusehen, und sie ihn nicht fanden.

Anfangs suchten sie mit Lachen, allein das dauerte nicht lange. Mit dem Ingrimm einer erzürnten Löwin hub die Frau Fortunata an, ihr Beutestück im Kreise ihrer Bekannten und Freunde auszuschreien. Auch die Freunde und Bekannten machten sich auf die Jagd, wenn auch mit einem geheimen Mitleid in betreff des Geschickes des schwedischen Mannes, sofern er in ihre und der Taubenwirtin Hände gegeben werde. Da blieb kein Busch am Gebhardsberge ununtersucht, sowie auch keine Schenke in der trefflichen Stadt Bregenz unter dem Gebhardsberge. Wenig hätte gefehlt, so wäre die Bürgerschaft aufgeboten worden, den Flüchtling (denn daß der Gesuchte ein Flüchtling sein mußte, war am folgenden Tage jedermann klar) zu verfolgen und tot oder lebendig einzubringen.

Drei Tage und drei Nächte hielt sich die Taubenwirtin am Gestade des Sees auf der Suche, und erst am vierten Tage gab sie in vollkommener Verzweiflung die Hoffnung auf, den Deserteur und Verräter an Treu und Glauben wiederzuerlangen; sie trat in Grimm und Zorn die Heimfahrt in den Wald an, und für längere Zeit hatten nun die Hausgenossen und Hausfreunde für das zu büßen, was der undankbare Schwed, der nichtsnutzige Korporal Sven Knudson Knäckabröd, gesündigt hatte. Und was das schlimmste war, es existierten noch einige verwitterte und verwetterte Veteraninnen aus dem Jahre 1647, welche sämtlich nunmehr vor die Wirtin zur Taube, die Oberkommandantin, hintraten, das glorreiche Gefecht am Roten Egg wie in der Chronika nachschlugen und kreischend behaupteten: *das* hätten *sie* schon damals vorausgesagt, und jedes ordentliche Wäldlerweib hätte schon damals sagen können, daß *das so* kommen würde.

Aber wie es in allen menschlichen Zuständen und Angelegenheiten zu gehen pflegt, so ging es auch hier. Der Lauf der Tage nahm seinen gewiesenen Gang, und selbst ein so großes, merkwürdiges und unerhörtes Ereignis wie dieses Verschwinden eines Menschen, der sich über sechsundzwanzig Jahre hinaus so brav hielt, versank in dem Strudel der Arbeit, in dem täglichen Kampfe mit den tausend Verdrießlichkeiten und Freuden des Daseins. Man sprach allmählich immer weniger von dem Korporal Sven, wenn man auch noch häufig genug an ihn dachte und er immerhin ein ausgiebiges Thema der Unterhaltung für jegliche müßige Stunde blieb. Die Kinder der Frau Aloysia Unold grämten sich zuletzt doch am meisten um den alten, grauen, wandern Spielkameraden, den guten Gesellen von der Lorena; wir aber werden vor allen Dingen jetzo sehen, wo er mit seinem eigenen grauen, alten, wackern Kameraden, dem Korporal Rolf Rolfson Kok, geblieben war und was er befuhr, nach-

dem er sich aus der Heimat in die Fremde fortgeschlichen hatte, um
in der Fremde die Heimat, das heißt die alten glorreichen Kriegs-
fahnen und den alten Feldherrn Carolus Gustavus Wrangel aufzu-
suchen.

# 10.

Pasewalk ist eine schöne Stadt; fraget nur die geborenen Pasewalker darnach! Im Jahre 1674 soll es eine noch viel schönere Stadt gewesen sein, doch das ist schwerlich heute noch auszumachen. Jedenfalls war es im November des obengenannten Jahres eine recht lebhafte Stadt, denn der Feldmarschall Karl Gustav Wrangel hatte sie zum Sammelplatz der Truppen, mit welchen er im folgenden Monat in die Mark Brandenburg einfallen wollte, auserkoren. Von Pasewalk aus war er denn auch richtig im Dezember mit 14 000 Mann über die Grenze aufgebrochen, hatte Stargard, Landsberg, Wriezen, Ruppin und so weiter genommen, brandschatzte und plünderte nach alter gewohnter Art sachverständig und mit Vergnügen und ließ es sich in Abwesenheit Kurfürstlicher Durchlaucht so wohl als möglich innerhalb Dero Grenzpfählen sein.

Auch Rathenow ist eine schöne Stadt und wurde im Anfange des Monats Juni des Jahres 1675 ebenfalls recht lebendig; denn um jene Zeit rückte der Herr Obrister von Wangelin mit sechs Kompanien Dragoner von seinem eigenen Regiment und einiger Infanterie von einem andern Regiment dort ein, machte es sich gleichfalls darin recht gemütlich und dachte an nichts Böses. Die Seinigen aber folgten in allen Dingen seinem Beispiele, ohne auf die Gefühle und Behaglichkeit der Bürgerschaft die mindeste Rücksicht zu nehmen.

In oder vielmehr vor der Stadt Rathenow finden wir unsere beiden guten Freunde aus der Krone zu Lindau im Bodensee, die Korporale Sven Knudson Knäckabröd und Rolf Rolfson Kok, genannt Meister Gockele, richtig und für jetzt gottlob noch in guter Gesundheit wieder. Aber um die Stelle zu beschreiben, an welcher wir sie finden, ist eine Beschreibung der Lage der Stadt Rathenow unbedingt notwendig, obgleich wir das ziemlich kurz machen können. Die Stadt Rathenow liegt nämlich an der Havel, welche in zwei verschiedenen Armen daran vorüberfließt; und um zu den morschen, an verschiedenen Stellen eingefallenen Mauern und zum Tor zu gelangen, hatte man die beiden Arme und den dadurch gebildeten Werder zu passieren, und zwar vermittelst zweier größerer Zugbrücken und mehrerer kleinerer Brücken.

An der ersten Zugbrücke, das heißt, der am meisten nach Westen zu gelegenen, hatte in der Nacht auf den 15. Juni alten und 25. neuen Stils der Korporal Rolf Kok von Wangelins Dragonern die Wacht mit sechs Mann, und der Korporal Sven Knäckabröd leistete ihm Gesellschaft.

Da waren sie denn! –

In Wehr und Waffen, wie sie es auf der Hafenmauer von Lindau geträumt hatten, saßen sie wieder an einem schwedischen Wachtfeuer und hielten sie wieder einmal den vorgeschobenen Posten gegen den Feind.

Sie saßen dicht nebeneinander an den verglimmenden Kohlen, die beiden braven alten Grauköpfe, und wachten hellen Auges, während ihre Mannschaft, bis auf den Posten unter dem Gewehr, ruhig auf den zusammengetragenen Strohbündeln im tiefen Schlafe lag. Es war gegen zwei Uhr morgens, der Havelnebel lag weiß und dicht auf dem Flusse und den weiten Bruch- und Moorgegenden ringsum; aber man merkte doch, daß die Dämmerung nicht fern sein konnte. Die hohen Pfeiler der Zugbrücke standen bereits ziemlich klar hervor aus dem weißen Nebel, und die schwedischen Reitersmänner hatten bis jetzt eine ruhige Nacht gehabt.

»Wie die machten wir es auch sonst, Bruder Sven«, sprach jetzt der Korporal Rolf, auf seine schnarchenden Dragoner weisend. »Das ist vorbei; wir sind zu alt dazu geworden, Kamerad; aber es hat auch sein Gutes, man sitzt und schwatzt, und eine Pfeif Toback am Feuer ist auch was Liebliches. Vor dreißig Jahren schmauchte man noch nicht so stark in den Armaden als heute. Das ist auch was Neues.«

Er reckte und dehnte sich, während der Kamerad nur behaglich wie ein alter Hund unterm Ofen knurrte.

»Sven«, fuhr der Korporal Rolf fort, »tu auch was zur Unterhaltung. Jetzt haben wir doch das Leben wieder durchgeprobt; nun sag, wo sitzest du lieber – hier unter den Kürassen und Eisenhelmen oder dort – da – dahinten, da oben in deinen Bergen zwischen den Ziegen und Böcken und sonstigem Rindvieh? Bruderherz, sag an, wie gefällt dir dein jung-alt Leben?«

»Es ist nicht auszusagen, Wachtkommandant! Man kann nur immer von neuem darüber nachsinnen und hat dann doch auch dazu wieder keine Zeit. Ich bin noch lange nicht mit der glücklichen Stunde fertig, wo wir wieder unter der Fahne anlangten und der Posten uns im Lager von Pasewalk die Parole abforderte. Ja Parole hin, Parole her! Die Parole hatten wir freilich nicht, aber unsern Ausweis hatten wir doch parat, und die Kniee beben mir jetzt noch, wenn ich an die Rührung denk, mit welcher wir ihn von uns gaben. Versprengt beim Sturm auf Lindau! Gefangen in den Bergen Anno siebenundvierzig, nach dem Sturm auf die Bregenzer Klause und Burg Hohen-Bregenz! Das gab ein Zulaufen und Maulaufreißen bei Offiziers und Gemeinen! Und es war dazu ein Weg gewesen, ein richtiger Weg im Zickzack, auf welchem wir angelangt waren vom Bodensee bis an den Ukerfluß! Und lauter junge Gesichter in den Regimentern, und selbst die alten unbekannt, und kein Hauptmann, Leutnant oder Feldweibel, so uns den weitem Weg in das gute alte Leben weisen konnte vor Staunen und Wunder. Das Herz zittert mir immer von der Stunde, Korporal Rolf!... Ach, der Wrangel, der Wrangel, das war das größte Glück, daß der Feldmarschall oder, wie sie ihn jetzt nennen, der Connetable zu Handen war und uns aufnehmen konnt! Ja, des Feldmarschalls Gnaden, die mit uns und dem König über die See gekommen waren, wußten, was mit uns anzufangen sei, Preis und Glorie über den Karl Gustav! Er hat uns die Hände geschüttelt und in seinem Quartier an seinem Tische niedersetzen lassen. Alle großen Offiziers und Kommandanten haben uns als reine Wundertiere angestarrt, und der Connetable hat uns zugetrunken, und alle großen Generale haben uns auch zugetrunken, und nachher hat uns das Volk, Reiter und Infanterie, auf den Schultern durch die Lagergassen getragen. Vivat Schweden! Schweden und die schwedischen Helden zu Roß und zu Fuß immerdar! Rolf Kok, nachher hab ich oft gedacht, in *der* gloriosen, leuchtenden Stunde hätten wir sterben sollen. Ich glaube, sie hätten alle Fahnen über uns gesenkt und mit allem Geschütz uns nachgefeuert, als ob wir selber die allerberühmtesten Generale gewesen wären.«

»Freilich wäre dieses eine großmächtige Ehre für uns gewesen«, meinte der andere nachdenklich, »aber, Sven Knudson Knäckabröd, es ist auch so, wie es jetzo ist, recht angenehm. Hat nicht der Oberst

Wangelin vor der Front von seinem Regiment gesagt, es sei eine mächtige Ehre für ihn, daß wir bei ihm zu Pferde stiegen? Und wir sind zu Pferde gestiegen, Sven, du, weil du in deinen Bergen eben lange genug auf der Kuh geritten bist, ich, weil ich vordem dem Rate zu Lindau auch als Feuerreiter aufgewartet habe. Wir sind zu Pferde gestiegen, Korporal Knäckabröd; – nachdem wir lange genug im verzauberten Schlaf lagen, sind wir endlich als junge Burschen wiederaufgewacht und -aufgesessen. Ist es nicht so? Und als es neulich über die Grenze ging, nach alter Weise mit fliegenden Standarten, Pauken und Trompeten, haben wir uns da nicht gefühlt wie die Jüngsten? Haben wir da nicht die Hüte geschwenkt wie die jüngsten Jungen bei der Bagage? Daß wir heute einen roten Rock tragen, ist mir freilich nicht so lieb, als wenn wir noch im gelb und blauen Koller auszögen; aber es ist einerlei: vivant die Helden aus Mitternacht! Vivat der glorreiche, ewig siegreiche Karl Gustav, der Feldmarschall Wrangel! Und eine Lust war's doch auch, daß wir mit einreiten durften in die Städte nach alter Art: in Landsberg, Krossen, Wriezen, und wie sie sonsten heißen; und ein Pläsier ist es, daß wir – wir, Korporal Sven, heute diese Wacht halten an der Havel gegen die Brandenburger.«

»Gegen die Brandenburger«, lachte höhnisch der Korporal Sven Knäckabröd. »Bah, wo sind sie denn, diese Brandenburger? Wirf einen Groschen da in den Nebel hinein, so weit du kannst, und such ihn nachher! So kannst du auch nach den Brandenburgern suchen, Rolf Rolfson Kok.«

»Nein, Sven, sie sollen sich doch ziemlich brav gehalten haben am Rhein gegen die Franzosen. Ich hab mich hier und da umgehört und mancherlei vernommen; die Herren Offiziers und Politici munkeln allerlei. Wir haben uns eigentlich diesmal das Spiel doch ein wenig zu leicht gemacht. Der welsche Signor in der Krone war auch ein Politicus, und was er von der Katz und den Mäusen gesagt hat, das ist nicht ohne. Bruderherz, ich gäb viel darum, wenn dieser Kurfürst Friedrich Wilhelm bald zu Hause wieder einsäße, und zwar mit Macht und Gewalt. Um Kinderspiel sind wir doch den weiten Weg nicht hergekommen, und ich sage dir, Kamerad, ich hoff auf den Kurfürsten wie auf eine Braut, und ich hoffe, er bringt das Doppelte unserer Armada mit, daß wir doch Ehre davon hätten. Bruder Sven, es wär mir ein Ekel, wenn das Spiel bis zum Ende zu leicht blieb und wir ›Gewonnen!‹ schrieen wie ein Lagerweib über einen gestohlenen Unterrock.«

»Da tröst dich, Herzbruder Rolf; auch ich habe mich unter den Politikern umgehört und das Meinige in Erfahrung gebracht. Auf dem Marsche nach Hause und gegen uns sind sie; aber daß es ein weiter Weg vom Rhein bis an die Havel ist, das haben wir ja auch gespürt. Mir ist's auch lieber, wir rufen Viktoria auf einem ordentlichen Felde, als daß wir uns wie der Fuchs in den Taubenschlag geschlichen haben sollten und niemand vorhanden wäre, dem es am Herzen läge, uns zu verjagen.«

»Wie geht ihr Weg eigentlich? Kannst du das mir in den Sand malen?«

»Nein, solches vermag ich nicht; aber ich zähl an den Fingern unsern eigenen Marsch ab und vermeine, wir haben auch unsere Zeit gebraucht. Sie kommen wie wir durch der Schwaben Land, auch durch des Bischofs von Würzburg Grenzen und nachher durch der Thüringer Berge. In der Stadt kalkulierten sie gestern beim Landrat von Briest, sie möchten vielleicht schon bei Erfurt stehen. Geduld dich noch ein paar Tage, Kamerad Rolf; dann magst du nach deinen Pistolen sehen und das Schwert in der Scheide lockern.«

»Das gebe der Himmel zu unserem und Schwedens Ruhm«, sprach der Korporal Rolf Kok, und –

»Halt! Werda?« rief in dem nämlichen Augenblick der Posten an der niedergelassenen Brücke und warf den Karabiner schußgerecht vor.

# 11.

Der Nebel lag noch dicht und schwer auf Fluß und Land, der Morgen zögerte noch immer; man sah kaum zehn Schritte weit hinaus auf die Landstraße, die nach dem Dorf Böhne und weiter nach Genthin und über Parchen nach der Elbe und der Stadt Magdeburg zu führte.

»Wacht heraus!« schrie der Korporal Rolf aufspringend und zugleich den nächsten seiner süß schlafenden Dragoner an der Schulter rüttelnd. Wie ein grauer Schatten trabte ein Reiter durch den Dunst an, zwei andere folgten, dann ein Haufen, und man vernahm das Stampfen einer größern Kavallerieabteilung im raschen Anmarsch.

Das kleine Häuflein der Schweden hatte sich schnell auf der Brücke in Linie gestellt; die beiden Korporale mit dem Posten in der Front. Aber schon parierte der vorderste der schattenhaften Reiter seinen Gaul dicht vor den Karabinermündungen und rief:

»Versprengte vom Regiment Bülow! Haben die Brandenburger dicht auf den Fersen! Gebt Raum, die Pferde sind abgehetzt, wir halten die Straßen nicht länger und müssen in die Stadt!«

Es war ein alte, heisere Stimme, eine Stimme wie die der beiden alten Korporale Sven und Rolf, welche das hervorstieß, und der Mann auf dem wirklich schweißtriefenden, abgehetzten, schnaubenden Gaule war auch alt und grau und verwettert. Er trug einen dunkelblauen Rock über dem Brustküraß, einen breiten, an der Seite aufgeklappten Dragonerfilz, doch ohne Feder und Kokarde. Er trug mächtige Stulphandschuhe und Reiterstiefeln, doch keine Feldbinde, und wie seine nun allgemach auch heranreitenden Begleiter trug er das Schwert in der Scheide.

»Schnell, schnell, Kamerad von Wangelin! Wir hängen seit dreien Tagen in den Sätteln und halten uns kaum mehr. Es pressiert – laßt uns durch!«

Die beiden Korporale sahen sich zögernd an.

»Gebt die Parole, Herr!«

»Wir sind drei Tage von der Armee. Sahen die Brandenburger bei Burg auf dem Marsche. Wie können wir euch die Parol vom gestrigen Abend geben? Macht Platz, ich sag Euch, Wachtkommandant, der Oberst Wangelin ist mein guter Freund. Er liegt zum Wahrzeichen mit euch drüben in Rathenow, und ich bin Leutnant im Regiment Bülow. Jetzt haltet uns nicht länger auf!«

»Was sagt Ihr dazu, Korporal Knäckabröd?« fragte der Korporal Kok.

»So arg wird's doch nicht pressieren!« sagte der Korporal Sven; in demselben Augenblick aber richtete sich der alte Blaurock im Sattel auf und schrie krächzend:

»Also nicht? Na, dann hol der Teufel die Höflichkeit! Wer ist denn hier eigentlich zu Hause? Ihr oder wir?«

Ein Faustschlag krachte nieder auf die unglückselige Nase des weiland Kriegsgefangenen der Frau Fortunata Madlener, Wirtin zur Taube zu Alberschwende im Bregenzer Walde, daß er besinnungslos zu Boden stürzte. In dem nämlichen Moment stießen sämtliche Reiter ihren Pferden die Sporen in die Flanken; zur Rechten und zur Linken flog die schwedische Wache an der ersten Havelbrücke vor Rathenow zur Seite oder wurde niedergeritten.

»Der Derfflinger, der Derfflinger!« rief einer der drei Leute, welche sich mit dem Korporal Rolf Rolfson Kok im eiligen Laufe der zweiten Brücke und der Stadt zu retteten und ihre Büchsen im Lauf hinter sich abschossen.

»Der Derfflinger, der Derfflinger!« murmelte der Korporal Kok, zu Lindau im See das Gockele genannt, betäubt, fortgerissen, unfähig sich zu besinnen, unfähig selbst, einen Augenblick an das Schicksal seines guten, alten Kriegskameraden zu denken. Und es war wirklich der Generalfeldmarschall Derfflinger, der vom Rhein her als der erste an der Havel anlangte, das Hausrecht gebrauchte, die erste Brücke vor Rathenow auf die eben beschriebene Weise nahm und nun vor der zweiten Brücke, welche er natürlich aufgezogen fand, seine Dragoner absitzen ließ und in Hast und Ungeduld über der trübe unter seinen Füßen dahinschießenden Flut fast vergehen wollte.

Es hätte des Faustschlags des greisen Generalfeldmarschalls gar nicht bedurft, um den armen Korporal Sven zu überzeugen, daß die Welt im Begriff sei unterzugehen. Nah und fern klangen die Trompeten oder, wie der Korporal, mühsam und zwischen die Pfeiler der Zugbrücke gedrückt sich aufrappelnd, meinte, die Posaunen des Jüngsten Gerichts. Immer mächtiger wogte und dröhnte es durch den Morgennebel heran, und Zug an Zug rasselte es über die erste Brücke und ergoß sich über den Werder zwischen den beiden Armen des Flusses, allwo der Derfflinger, den Degen in der Faust, Schwadron über Schwadron durch die Furten trieb, während von den Mauern der Stadt schon das Gewehrfeuer blitzte und krachte und Generalmajor Götze und Oberstleutnant Kanne bereits den Fuß in die erstaunten Gassen setzten.

»O heiliger Olaf!« stöhnte Sven Knudson Knäckabröd, sich das strömende Blut von der Nase wischend und sich aus seiner geschützten Lage dicht an der Brüstung der Brücke mit Vorsicht aufrichtend. »Träume ich *das,* so habe ich auch *so* noch niemalen geträumt! Aber mit einer solchen Nase träume da einer! Wetter, mir wächst ein Kürbis im Gesicht – also das war der Derfflinger!? O Rolf, Rolf, Rolf, das ist wieder eine Geschichte, wie sie nur uns beiden passieren kann; – o Korporal Kok, wenn es nur dem großen Marschall Wrangel nicht ebenso ergehet wie uns zweien!«

Es hatte allen Anschein, daß das wohl der Fall sein könne. Um diese Zeit nämlich war an dem Havelübergang, von Genthin her, ein Reiter mit großem Gefolge von, wie es sich anließ, hohen Offizieren, die alle ihre Pistolen auf den Sattelknopf gestützt hatten, – mit einem mächtigen Gefolge von Wachen, Trompeten und Standarten erschienen und hielt, nach der Stadt hinüberhorchend. Dort hörte das Feuer allmählich auf, und einzelne Reiter sprengten von ihr wieder zurück: die zweite Zugbrücke mußte demnach auch genommen sein. Und einer dieser Kavaliere näherte sich dem hohen Befehlshaber, riß den Hut ab und neigte sich bis auf die Mähne seines Gauls:

»Kurfürstliche Durchlaucht, wir haben Rathenow, wir haben den Wangelin und den Weg zum Rhin!«

»Der Brandenburger, der Brandenburger auch!« ächzte der schwedische Mann an der Brüstung zwischen dem Pfahlwerk der

Brücke, und ohne die Antwort Kurfürstlicher Durchlaucht abzuwarten, kroch er über den Rand, rutschte die Böschung hinab, glitt in das Weidengebüsch der Havelinsel und fand daselbst trotz Nebel, Betäubung, Aufregung und Blutverlust noch zwei von den Dragonerpferden der Wachtabteilung des Korporals Gockele, angstvoll an ihren Strängen zerrend. Im nächsten Moment schon saß der brave Alte im Sattel des einen Tiers und jagte über den Werder hin, links ab. Da die Passage auf Rathenow von dem Generalfeldmarschall Derfflinger jetzt vollständig frei gemacht war, so ging der Marsch der sechstausend vom Rhein her zu Hause anlangenden brandenburgischen Reiter über die Brücken. Der Werder, über welchen die Obersten Kanne und Kanowski zuerst an die Stadt gelangten, war wieder leer; der Nebel hatte sich allmählich in einen feinen Regendunst verwandelt, und der sumpfige Boden dröhnte nur wieder von dem Stampfen einiger verwundeten Pferde, die wie Geistererscheinungen durch den grauen Dunst taumelten, strauchelten und schossen.

Die Furt, welche die Dragoner des Derfflingers erst mit einiger Mühe gefunden hatten, kannte der Korporal Sven von mehreren Rekognoszierungen aus gut genug. Er befand sich mitten im Strom und erreichte den Steindamm am linken Ufer, ohne sich umzusehen.

»Es ist aus, Rolf Kok! Sie haben dich mit dem Obristen tot oder lebendig!« rief er jammernd und jagte weiter. Unschlüssig, ob er sich gegen Havelberg zum Feldmarschall Karl Gustav oder gegen Pritzerbe zu dessen Stiefbruder, dem Grafen Waldemar, wenden solle, jagte er fürs erste gradaus in die lieblichen Sümpfe und Heiden der wackern Mark Brandenburg hinein, im Sinn und Ohr verfolgt von einem ganz andern Klingen als dem melodischen Läuten der Kuhglocken im Lande vor dem Arlberg und dem ermutigenden Wort der Taubenwirtin zu Alberschwende: »He, Korporal, sing!«

Das waren eilige Tage, und nimmer ist in der Welt so scharf geritten worden wie in diesem Juni des Jahres 1675 in der Mark, sowohl vom Kurhut Brandenburg als auch von der Krone Schweden!

Neun Tage schon hatte die kurfürstliche Kavallerie nicht abgesattelt, und nun sprangen auf die Kunde von der Einnahme von Rathenow, im jähen Schreck und aller Verstörung, auch die schwedischen Herren in die Sättel. Von Havelberg brach eilends der Feldmarschall Wrangel auf, von Brandenburg und Pritzerbe sein Stiefbruder. In aller Hast ging der Marsch der beiden so unvorsichtig geteilten Heeresflügel, ein spitzwinkelig Dreieck durch Bruch, Moor, Heide und Kiefernwald ziehend, auf den durch alte Schlachten berühmten Kremmer Damm zu, um eine Vereinigung daselbst herzustellen und, was noch zu retten war, vor dem zornigen Hausherrn zu retten, ehe Kurfürstliche Durchlaucht, die in der Mitte der beiden Schenkel dieses Dreiecks gradaus ebenfalls einen Strich auf Fehrbellin zogen, den ungebetenen Gästen auch da an der Tür aufwarteten.

Drei Tage ritten sie noch, da trafen sie zusammen und geschah die wundervolle Schlacht, die wir leider hier nicht zu beschreiben haben: unsere Aufgabe ist es, uns nach dem tapfern Korporal Rolf Rolfson Kok umzutun und zu erkunden, wie es ihm zu Hause weiter erging.

Wir haben gesehen, wie auch er sich eilends aufmachte, als er die Ankunft der Brandenburger in Erfahrung gebracht hatte. obgleich ihn mehr als sechzigjährige Beine trugen, so beflügelte die Vorstellung, daß der Generalfeldmarschall Derfflinger mit seinen neunundsechzig Jahren hinter ihm sei, seine Schritte auf den Havelbrücken nicht wenig, und er kam richtig noch vor dem alten Herrn in der Stadt Rathenow an.

»Alarm! Alarm! Feindio! Feindio!«

Ach, der Korporal Rolf Rolfson Kok hatte leider bei seinem Ruf zu den Waffen nicht auf den Herrn Landrat von Briest gerechnet. *Der* hatte nämlich in Erwartung der Dinge, welche von Südwesten her kommen sollten, seinen schwedischen Gästen eine große Bewillkommnungsfestivität zurechtgemacht, den Offizieren selber und mit Beihülfe eines löblichen Magistrates zugetrunken und auch der gemeinen Soldateska durch gemeine Bürgerschaft auf seine Kosten wacker zutrinken lassen. Die Folge davon war, daß die Brandenburger, als sie unter dem Derfflinger und dem Prinzen mit dem silbernen Bein, dem Prinzen von Homburg, eindrangen, die meisten der Helden aus Mitternacht im tiefsten Rausch und süßesten Schlummer vorfanden und sie somit ohne viele Mühe totschlagen konnten. Die, welche in etwas bei Besinnung waren, wehrten sich freilich tapfer genug in den Gassen und auf und an den alten, morschen, mittelalterlichen Mauern und Toren; allein auch sie wurden mit verhältnismäßig geringer Mühe niedergemacht oder gefangen. Von den sechs Kompanien, die mit dem Obristen von Wangelin in Rathenow eingerückt waren, retteten höchstens ein Dutzend Leute das Leben und die Freiheit, und unter diesen von Glück Begünstigten befand sich gottlob auch unser guter Freund, der Korporal Rolf. Wie der Korporal Sven an der Böschung des Haveldammes, so glitt er an Wall und Mauer der Stadt Rathenow hinunter, fiel, von Fortuna noch einmal in Schutz genommen, auf ein ledig Reiterpferd des Herrn Obristleutnants Kanne und galoppierte nunmehr gleichfalls, und ebenso betäubt und schwindelnd wie der Kamerad, in den Morgen und in die Mark Brandenburg hinein.

## 12.

Am siebenzehnten Juni alten und siebenundzwanzigsten neuen Stils, nachdem am Tage vorher der Schwed im Zug auf Nauen gesehen worden war, regnete es schlimm, obgleich es am folgenden glorreichen Tage, solange die Schlacht dauerte, noch viel schlimmer regnete. Was aber die Sümpfe zwischen der Havel und dem Rhin bei anhaltendem Regen zu bedeuten haben, das erprobe ein jeglicher, der Lust dazu hat, selber und lobe nachher seine Erfahrungen, wann er wieder im Trockenen sitzt!

Und von der Havel bis zum Rhin ritten bereits seit dem sechzehnten die Streifparteien der beiden schwedischen Heeresteile und der vorwärts dringenden Brandenburger gegeneinander und umeinander herum, während überall das aufgeregte, wütende Landvolk mit allerhand Gewehr und Gewaffen der Not auf den Beinen war: kurz, es war ein schwer Durchkommen selbst für zwei alte Korporale des Königs Gustav Adolf, die dem Überfall von Rathenow entwischten und nun die Ihrigen suchten, ein jeglicher bis jetzt noch für sich allein.

»Wenn mir heute einer sagte, daß ich einmal Hafenvogt zu Lindau im Bodensee gewesen sei, so schlüge ich ihm die Zähne in den Hals hinein, so wenig glaube ich dran«, brummte der Korporal Rolf Rolfson Kok, indem er am 17. Juni am Spätnachmittag zum drittenmal seit der letzten Viertelstunde vor einem neuen Sumpf vom Pferd stieg, um das Terrain als vorsichtiger Mann zu untersuchen, bevor er sich ihm mit seinem ermüdeten Gaul anvertraute, nachdem er wieder einmal mit Mühe einer nachsetzenden Patrouille des Herrn Generalmajors Lüdecke entgangen war. Ritterlich hatte er einen seiner Verfolger erlegt und dadurch den Jagdeifer der übrigen ungemein erhöht; allein einen einzelnen Mann zu jagen, lohnte sich heute eigentlich unter keinen Umständen, und so hatten die kurfürstlichen Kürassiere zuletzt doch in einem Kiefergehölze die Verfolgung aufgegeben, und der Korporal Rolf stak naß, triefend, hungrig und durstig zwischen Sumpf und Moor und suchte vorsichtig, wie wir gesagt haben, einen Übergang gen Nordost. Das war keine geringe Aufgabe, und mit steigendem Verdruß tastete und platschte er und rettete sich von neuem auf festeren Grund, bis er endlich eine Art von Fußpfad durch das tröpfelnde Gebüsch fand und ihn behutsam beschritt, seinen abgehetzten Gaul am Zügel hinter sich dreinziehend. Immerfort mit sich selber redend oder vielmehr in den Bart brummend, tappte er zu; aber schon nach zehn Minuten hielt er horchend von neuem an; denn plötzlich vernahm er vor sich aus dem Dickicht ein Schnauben und Stampfen, vermischt mit lauten und halblauten Schimpfworten und Verwünschungen, die sämtlich nicht auf dem märkischen Boden gewachsen waren. Der Korporal Rolf stand und horchte atemlos. Derjenige, welcher dort hinter den Rüstern, wie es schien, gleichfalls im Sumpfe feststeckte, verwünschte sein Schicksal in schwedischer Zunge, und nachdem der vormalige Hafenwärtel der Freien Reichsstadt Lindau nochmals die Hand hinter das Ohr gehalten hatte, schrie er:

»Vivat Schweden! Ich komme, Kamerad!« und drang mutvoll tiefer in das Moor ein, den kläglichen und verdrießlichen Kundgebungen nach.

Aus dem Gebüsche hatte ihm ein Gegenruf geantwortet und der erboste Wunsch: wenn der Kamerad wirklich ein gutes schwedisches Herz habe, so möge er eiligst kommen, es sei Not vorhanden. Der Korporal Rolf hatte geantwortet: »Hier auch!«, war aber doch drauflosmarschiert, und wieder nach einigem beschwerlichen Durchwinden drang er aus dem Gebüsch hervor und hatte das Schauspiel, das er erwartete, vor sich, wie er es sich vorgestellt hatte.

Ein großes Gestampf und Geplatsch in Moor und Röhricht – zerstampfte Binsen und Gesträuche – ein halb versunken Roß und darauf ein rotrockiger schwedischer Reitersmann, mohrenfarbig vom Sumpfwasser – triefend wie alles umher vom Regen – und dem gänzlichen Versinken in die schlammige Tiefe nahe!

»Wenn es mein leiblicher Vater wär, so würde ich ihn nicht in dem Kerl erkennen!« murrte der Korporal Rolf; dagegen erkannte der Mensch im Röhricht den Korporal Rolf sofort und schrie:

»Alle guten und bösen Geister – bist du es, Rolf Rolfson Kok? O du himmlische Güte, kommen wir wirklich noch einmal zusammen auf dieser niederträchtigen Welt? Ich bin es, Wachtkommandant! Kennt Ihr mich nicht? Ja, Herzbruder, meine eigene Mutter möcht mich wohl nach einem solchen Ritt und in solcher Farb und Zerzausung nicht erkennen!«

»Sven Knäckabröd?! Sven, Sven?« schrie der andere. »Hat dich der Derfflinger nicht ganz und vollständig geholt? Das ist freilich bei allem Elend das beste Abenteuer, was mir noch zuteil werden konnte. So schickt sich alles, und darum bin ich vorgestern von der Rathenower Stadtmauer auf einen brandenburgischen Profosengaul gefallen, um dir heute hier aus dem Malheur helfen zu können! Halt gut, noch einen Augenblick halt den Kopf über dem Wasser, Sven! Gleich hab ich dich auf dem Trockenen, soweit es bei diesem Regen von oben und diesem Morast von unten zu machen ist.«

Er hatte sofort nach dem Bündel Hanfstricke, welches von dem Sattelknopfe seines Vorgängers an eben diesem Sattel herabhing und für die Hälse der Marodeurs, Spione und sonstigen soldatischen Übeltäter beider Heere bestimmt war, gegriffen, es heruntergerissen und auseinandergewickelt. Mit vielem Geschick verknüpfte er die einzelnen Stricke miteinander und hatte bereits im nächsten Augenblick dem armen Korporal Sven Knudson Knäckabröd ein tüchtig und haltbar Seil zugeworfen – nicht um ihn damit in die Ewigkeit hineinzubefördern, sondern um ihn so sanft als möglich aus dem Sumpfe der Mark Brandenburg herauszuziehen. Nach einem ängstlichen und schweißtriefenden Abzappeln von einer Viertelstunde waren beide gerettet – der Korporal Sven wie sein Roß – und standen beide keuchend und schnaufend am Rande des verräterischen, grün überwachsenen Schlammes. Selbst der Frau Fortunata Madlener hatte Sven Knudson Knäckabröd, als er nach der Schlacht am Roten Egg unter ihrer Pflege erwachte, nicht so zärtlich die Hand geschüttelt, wie er sie jetzt dem guten Kameraden aus der Krone zu Lindau schüttelte.

»Und nun, Bruder Sven, wie ist dir außerdem, daß du aussiehst wie ein Mohrenpauker bei einer Leibtrabantengarde?« fragte der Korporal Rolf.

»Danke für die Nachfrage! Dumm, leer im Magen und jammerhaft im Sinn, Rolf Kok. Ach, Rolf Rolfson Kok, schauderhaft verbiestert!«

»In Lindau in der Krone haben sie eine Art Würste, an welche ich jetzo schon anderthalb Tage lang habe denken müssen. Und was den Wein vom vorigen Herbst betreffen möchte –« der Korporal Sven ließ ein dumpfes Geheul vernehmen gleich einem angeketteten Hofhund, welchem man ein Stück Schinken von ferne zeigt; glücklicherweise geriet der Korporal Rolf schnell auf etwas anderes.

»Und Rathenow haben sie; und wer weiß, was sie noch alles haben. Zu Hunderten liegen die Unsrigen vom Regiment Wangelin in den Gassen und in den Häusern. O Sven, ich gäb heut noch mehr darum als damals auf der Bastion zu Lindau, wenn ich den Weg zum Wrangel fände. Bei solchem Hunger und Durst solche Wehmütigkeit und solchen Grimm erdulden zu müssen, das hält nicht einmal ein Mensch aus, der mit dem großen Gustavus Adolfus auf Usedom landete und nachher alles mit durchmachte.«

»Das nächste Mal reiß ich nicht wieder aus, wenn die Brandenburger mich zu Gesicht kriegen; – ich halte stand und lasse dem Trübsal ein Ende machen«, ächzte Sven.

»Das beste ist's; ich bin mit von der Partie, Bruder«, sprach Rolf ebenso verzweifelt-grimmig. Im nächsten Moment horchte er wieder und rief sodann:

»Sieh, da ist die angenehme Gelegenheit schon. Horch, da sind sie wieder aneinander! Zu Pferde, zu Pferde und darauf los! Die Mähren brauchen eben doch nicht länger bei Atem zu bleiben als wir. Heraus mit den Plempen, und: Vivat ein ehrlicher schwedischer Reitertod! Was aber das übrige anbetrifft, so wär es mir allmählich einerlei, wer den Weltball hinnähme, ob die Kron Schweden oder dieser Kurfürst von Brandenburg mit seiner verwetterten Kavallerie!«

Sie stiegen mühselig von neuem auf ihre Gäule, die auch wieder und zwar fast menschlich seufzten. Um den verräterischen Sumpf herum ritten sie abermals in den Kiefern- und Rüsternwald hinein, dem vernommenen Schall des fernen Kanonendonners und der nahen Büchsenschüsse, Trompetenstöße und Menschenstimmen nach.

»Das ist Nauen, um welches die Konstabler spielen; und jetzo weiß man wenigstens wieder, nach welcher Richtung man die Nase zu drehen hat. Das ist auch ein Trost; aber der andere Lärm beweist mir, daß Schweden noch immer auf dem Rückzuge ist. Vorwärts,

Bruderherz; einmal müssen wir unsere Löffel noch in den Brei tunken!«

»Sprich mir nicht von Brei, Rolf Rolfson Kok!« bat Sven Knäckabröd kläglich. »Du könntest ebensogut von einem gebratenen Ochsen reden. Das Herz wendet sich mir jedesmal, wenn ich dich von Löffel, Messer und Gabel diskurrieren hör, im Leibe um. Ja, vorwärts, Kamerad, und wollt, es würde endlich einmal wieder licht vor uns, was wir auch auf der Landstraße finden möchten!«

Der Wunsch, welchen der Korporal Gockele vollkommen teilte, sollte ihnen noch vor Sonnenuntergang – wenn man an einem solchen Regentage von Sonnenuntergang reden konnte – gewährt werden. Nachdem sie noch manche Fährlichkeit des Weges überwunden hatten, kamen sie endlich wirklich aus dem Walde heraus, und zwar mit immer heftiger pochenden Herzen, und das war wahrhaftig kein Wunder.

Es war ein Brausen, Schwirren, Brüllen, Rufen und Kreischen in den Lüften, als ob sich auf der Erde Tausende und aber Tausende auf einem engen Pfade in höchster Not drängten – ein Brausen und Geschrei wie von Tausenden auf dem Marsche, und zwar auf einem Rückzugsmarsche! Das hallte von ferne unter den schweren, grauen Regenwolken her, als ob der Himmel es nicht hören wolle und das Gewölk wie eine Wand zwischen sich und den irdischen Jammer gelegt habe.

Näher und näher erscholl's, je weiter die beiden Korporale vorwärts drangen, und als sie endlich den Wald sich lichten sahen, da erblickten sie schon zwischen den letzten Kiefernstämmen den Grund des Getöses, und als sie hervorritten aus der Dämmerung des Gehölzes, da spielte das große, aber schreckliche Schauspiel auf Entfernung von einigen hundert Schritten vor ihren Augen sich ab!

In der graufahlen Beleuchtung des abendlichen Regenhimmels dehnten sich die großen Sümpfe, das Havelland-Luch, – und durch das Luch zog sich der schmale Damm, und auf demselben, soweit das Auge reichte, von einem Horizont zum andern, wälzte sich der schwedische Rückzug – Reiterei und Fußvolk, Geschütz, Bagage, Weiber und Schlachtvieh durcheinander – im wirren grausigen Getümmel vorüber; fern im Süd aber klang und donnerte das Gefecht der Nachhut. Die Brandenburger taten dort ihr möglichstes, den Schrecken und die Verwirrung in den Gliedern des Feindes zu erhalten und den Kehraus nach besten Kräften vorzunehmen.

Wie zwei Bildsäulen saßen die zwei alten Kriegsgenossen des großen Königs Gustav Adolf auf ihren Pferden und starrten auf das erstaunliche Spektakel. Hunger, Durst und Ermüdung waren vollständig vergessen. Für sich und an sich selber fühlten sie nichts mehr. Sie starrten – stierten – und dann nickten sie beide zu gleicher Zeit mit ihren Köpfen, und dann – rollten wirklich ihnen die Tränen hell aus den Augen und verloren sich mit den ihnen ins Gesicht schlagenden Regentropfen in den weißen Bärten. – –

»O Sven«, stöhnte endlich Rolf Kok, »sind wir darum so weit hergekommen? Sind wir darum aus dem Schlaf auferwecket, um *das* zu erleben? O Sven, o Sven, es ist aus mit uns, und ich wollte, der Herrgott hätte uns in unserer Versprengung belassen und uns nicht das Herz erregt durch einander und durch den welschen Signor Tito Titinia Raffa, oder wie er hieß, der Ruffian!«

»Ich wollte es auch, Rolf«, seufzte der Korporal Sven Knudson Knäckabröd. »Auf mich und dich kommt es wohl nicht an, und was wir darüber denken, ist auch gleichgültig; aber daß dieses dem Karl Gustav, dem gewaltigen Connetable Wrangel passieren muß, das ist das Elend! Sieh, und da sind die Kürassiers von Wachtmeisters Regiment. Da sieh nur, wie die Schufte in den Sätteln hängen und wie reitende Feldhasen über die Schultern gucken. Und das trägt Harnisch und Schwert! Da, da – sieh – da drängen sie sich gar gegenseitig von der Straße, um nur ja die eigene Schande unversehrt in Sicherheit zu bringen! Ach Schweden, Schweden, an manchem Sommerabende hab ich dich über die Berge und den See weg gesehen, sitzend wie eine Königin in Purpur. Da hab ich mein Heimweh stillen müssen, und nun sehe ich dich als ein Bettelweib, wie mit dem Knittel aus einem fremden Hause gejagt! Was sagst du, Bruder? Ich sage, wir reiten nun eben mit bis zum Ende.«

»Wir reiten mit bis zum Ende!« rief der Korporal Rolf Kok, und blind trieben die beiden tapfern Grauköpfe unter den letzten Bäumen und aus dem letzten Gestrüpp des Waldes ihre Rosse mit wilden Sporenstößen hervor und hinab in den Sumpf, der sie von dem berühmten Damme trennte. Ihr Fatum aber schien sie wirklich bis zum Schlusse der Tragödia mitspielen lassen zu wollen. Der Sumpf verschlang sie nicht, sie erreichten den betrüblichen Strom von Menschen und Vieh, der in dem dunkelnden Abend durch die verregnete Mark heranwogte, und so wurden sie fortgerissen und fortgewirbelt – zwei Tropfen in der kläglichen Flut der schwedischen Retraite – fortgewirbelt, dem Rhin entgegen.

# 13.

Der Herbst des Jahres 1675 war gekommen, lachend wie ein rechter Bruder des Frühlings. Im weichverschleierten Sonnenlicht lag die Rheintalebene zwischen den Bergen des Bregenzer Waldes und den Bergen von St. Gallen und Appenzell. Lachend tanzte der junge Fluß dem Bodensee zu, als ob er nie Felsentrümmer und Hochwaldsbäume vor sich her geschleudert, als ob er nie die Felder und Wiesen schwerarbeitender Menschen mit haushohem Schlamm und wüstem Steingeröll bedeckt habe oder als ob er doch wenigstens die Absicht habe, von jetzt an es nicht wieder zu tun.

Es war ein Sonntag in den letzten Tagen des Septembers. In jeder Schenke am Wege klang die Fiedel. Von der Höhe des Steusberges glänzten hell und weiß die Türme von Maria-Bildstein herab; es war auch ein Wallfahrtstag zu Maria-Bildstein, und alle Wege weit umher waren mit den bunten Gruppen der frommen Christen und Christinnen bedeckt, die entweder noch zum Gebet auf der Höhe emporstiegen oder bereits wieder herunter und hinab in das irdische Jubelgetümmel.

Zu Schwarzach im Löwen herrschte vor allem ein lustiges Leben; aber da das muntere Treiben hier, wie in jeder andern Schenke, sich wenig von dem zu Anfang dieser ziemlich historischen Geschichte beim Geburtstagsfeste des heiligen Gebhard geschilderten unterschied, so haben wir nicht nötig, uns an dieser Stelle auf eine abermalige Beschreibung einzulassen. Wir haben Sonderbareres zu berichten und gehen sofort ans Werk.

Den ganzen Morgen hindurch hatte unter den Kastanienbäumen vor dem Wirtshause »Zum Engel« an der Achbrücke bei Oberrieden ein Mann gesessen, der, ein wenig scheu, einen gewaltigen Durst zu löschen hatte und der jetzo langsamen und müden Schrittes durch das Dorf Schwarzach zog und, dem Anschein nach, auch auf dem Wege am liebsten niemandem ins Gesicht gesehen haben würde.

Es war ein alter, weißköpfiger, gebückter Mensch, der schwerfällig auftrat und seinen Stab nicht als eine überflüssige Zierde trug und handhabte. Er war bekleidet mit einem abgeblichenen roten Tuchkoller, über dem ein rostig-gelblicher Schimmer lag, als ob sich lange Zeit ein Eisenküraß dran gerieben habe. Er trug ein gelbledern Wehrgehäng, doch fehlte das Schwert; er trug desolate hohe Reiterstiefeln, an welchen die Sporen fehlten, und er trug einen breitkrempigen, an der Seite aufgeschlagenen Filzhut, welchem jedoch Feder und Kokarde ermangelten, der dafür aber mit einigen Rissen und Schrammen, die nur von naher Berührung mit blanken Waffen herrühren konnten, geziert war.

Die Wirtsleute und die Gäste vom Engel an der Ach hatten ihn mit ziemlicher Verwunderung beobachtet, wie er geduckt vor seinem Schoppen saß. Sie hatten natürlicherweise auch mehr als einmal versucht, ein Gespräch mit ihm anzuknüpfen; allein er hatte selbst auf die höflichste Frage nicht Rede und Antwort stehen wollen, sondern nur grimmig in seinen Krug gesehen oder denselben stumm zu neuer Füllung hingereicht. Kopfschüttelnd hatte das gutmütige Volk ihm nachgeblickt, als er sich endlich schwer ächzend erhob, ohne Gruß aus dem Schatten der Bäume fortschritt und weitermarschierte auf dem Wege durch die Felder Schwarzach zu; und alle, die ihm begegneten, blieben gleichfalls stehen und sahen ihm verwundert und kopfschüttelnd nach. Einige Male sagte auch wohl jemand: »Den sollte ich ja doch kennen!« Aber wohin er ihn tun sollte, das wußte er dann doch nicht, und erst, als der Alte auf seinem Marsche durch das große Dorf Schwarzach vor der Tür des Löwen angelangt war, fand sich einer, der es wußte.

Auch hier wollte der Rotrock verstohlen an der entgegengesetzten Seite der Straße vorüberschleichen; allein es sollte ihm nicht gelingen.

»Halt ihn, halt ihn! Bigott, da, da! Er ist es! Halt ihn!« schrie eine quäkige Stimme aus dem offenen Fenster herab, und rückwärts sich in die Stube wendend, schien der Schreier eine seltsame Neuigkeit dem gedrückt vollen Raume zu verkünden.

Es entstand ein gewaltiges Gepolter und Aufstehen, ein lachendes, verwundertes Durcheinander von Stimmen in der Zechstube des Löwen, und hervor aus dem Hause quollen die Gäste, und die Treppe hinunter hüpfte hinkend Meister Macedon Trafojer, ein armselig, halblahm, dürr Schneiderlein, welches von Zeit zu Zeit auch nach Alberschwende auf die Flickarbeit kam und die Frau

Fortunata Madlener, sowie ihren Haushalt und ihre Wirtschaft zum genauesten kannte.

»Er ist es! Da ist er wieder! Halt ihn, halt ihn!« schrie das heldenmütige Schneiderlein und jagte dem Korporal Sven Knudson Knäckabröd vom Regiment Wangelin Dragoner einen gewaltigen Schrecken ein, einen panischen Schrecken in der vollsten Bedeutung des Wortes; der Korporal fuhr zusammen, sah auf, sah die Bewegung in der lachenden Gruppe sonntäglich geputzter Gäste auf der Treppe des Löwen, sah aller Blicke auf sich gerichtet, sah den koboldhaften Schneider Macedon im glühenden Eifer, der Frau Fortunata einen Gefallen zu tun, heranspringen und – – – riß aus!

Er lief. Er lief, so schnell ihn die alten, müden Beine tragen wollten, und ihm nach klang es jubelnd, lachend und höhnisch:

»Halt ihn, halt ihn! 's ist der Schwed von Alberschwend! Halt ihn; die Taubenwirtin hält den, so ihn tot oder lebendig bringt, ein Jahr lang frei in Kost und Getränke!«

Das mochte nun der tapfere Meister Trafojer ganz ernsthaft nehmen; aber die andern begnügten sich doch mit dem baucherschütternden Hinterdreinlachen und stellten nur verwunderte Fragen über das plötzliche Wiedererscheinen des schwedischen Mannes untereinander. Auch das Schneiderlein mußte in Anbetracht seiner lahmen Füße die Jagd an der nächsten Ecke aufgeben, und nur die Kinder von Schwarzach gaben sie fürs erste noch nicht auf, sondern verfolgten selbstverständlich in hellen Haufen den Mann von der Lorena bis zum Dorfe hinaus, allwo er zuerst den Mut fand, sich zu stellen, und sie mit donnerndem Zornesruf und geschwungenem Stocke zurückzuscheuchen versuchte.

Das gelang ihm aber schlecht. Sie schrien nur ärger:

»Der Schwed von Alberschwend! Ho he, der Schwed vom Roten Egg! Er ist wieder da! Er kriegt's, jetzt kriegt er es, der Schwed von Alberschwend!«

Mit diesen Worten, doch auch mit einigen Steinwürfen begleiteten sie ihn bis hoch hinauf in die Berge, immer den rauschenden Bach entlang. Und als sie dann endlich doch zurückblieben, als die Felsen drohender, der Hochwald dunkler wurde und es wieder still hinter und um den armen Korporal Sven geworden war, da hielt auch er an, hielt sich den Kopf mit beiden Händen, wie auf der ersten Rast nach der Flucht von der Havelbrücke bei Rathenow, und warf sich unter einem Baume nieder, zerschlagen und wie gerädert, und was das schlimmste war, voll großer Sorgen wegen seines Empfanges – zu Hause.

Damals führte noch keine Kunststraße durch den Wald, und wer den Weg bei dämmerndem Abend oder gar bei Nacht zu machen hatte, der mußte wohlbekannt in der Gegend und dazu recht sicher auf den Füßen sein, wenn man ihn nicht am andern Morgen mit zerbrochenen Gliedmaßen am Ufer der Schwarzach finden sollte. Der Korporal Sven Knudson Knäckabröd war eigentlich beides nicht; aber um keinen Preis in der Welt wäre er heute noch bei hellem Tageslichte in Alberschwende eingezogen.

Da lag er denn unter seiner Tanne, zerschlagen und hinfällig, und es war ihm sehr schlecht zumute. Ein uralter nordischer Waffensegen fiel ihm gerade jetzt ein, und er summte ihn vor sich hin:

Sieg in deine Hand! Sieg in deinen Fuß!
Sieg in alle deine Glieder gut!
Gott der heilige Herr segne dich!
Wach und regiere über dich!«

Aber viel Erquickung und Ermunterung zog er nicht heraus. Sehr kläglich war ihm zumute, und so lag er, mit beiden Händen unter dem Kopfe, bis die rote Abendsonne erst von den Stämmen, dann von den höchsten Wipfeln und zuletzt von den allerhöchsten Felsenkuppen sich verzog. Dann erst erhob er sich tief seufzend und wankte weiter bergan, durch die beginnende Nacht. Gegen elf Uhr abends erreichte er Alberschwende.

In der Taube war natürlich ebenfalls Musik und Tanz, und der arme Sven sah schon von weitem die hellen Fenster und vernahm schaudernd die lustigen Jauchzer.

»Das ist schlimmer als der Angriff des Homburgers, des Prinzen mit dem silbernen Bein, bei Fehrbellin!« murmelte er. »Der Faustschlag Seiner Exzellenz des Herrn Generalfeldmarschalls Derfflinger an der Rathenower Bruck war nichts Geringes; aber – o du liebster Himmel, was wird *sie* sagen?!«

Die Tür des Wirtshauses »Zur Taube« stand weit offen, und der Korporal stieg die Treppe, welche zu ihr emporführte, langsam und mit eingezogenen Schultern hinauf. Der Hausflur war augenblicklich leer, und da die Stubentür ebenfalls offen stand, so hinderte ihn nichts, geduckt und vorsichtig um die Ecke in das weite, trüb erleuchtete, niedere Gemach, in das kreischende, jubelnde Tanzgewirbel zu lugen. Er fuhr sofort zurück; denn als in diesem Moment die Reihen der Tanzenden sich lösten, da sah er *sie* – da sah er *sie* mit in die Hüften gestemmten Armen neben ihrem Schenktisch stehen, an demselbigen Tische, neben welchem er Anno 1647 nach dem Überfall am Fallenbach aus seiner Ohnmacht erwachte und sie, die Frau Fortunata Madlener, ebenfalls mit in die Seiten gestützten Armen vor sich stehen sah.

»Es ist nicht menschenmöglich«, stöhnte der Deserteur. »Selbst der tapfere Karl Gustavus, der Feldmarschall Wrangel, würde es nicht fertigbringen! Selbst der große Gustavus Adolfus, der streitbare Löwe aus Mitternacht, brächt es nicht zustande, ihr jetzo unter die Augen zu treten!«

Rückwärtsschreitend zog sich der Korporal Sven Knudson Knäckabröd von Wangelins Dragonern zurück und schlich sich wieder aus dem Hause, stieg die Treppe wieder herab und verlor sich von neuem in der dunkeln Nacht.

Um die zwölfte Stunde hörte der Bub in der obersten Hütte auf der Lorena, plötzlich aus dem Schlafe erwachend, erst ein wildes, wütendes Anschlagen des Hundes, dann ein unterdrücktes Freudewinseln des Tieres und zuletzt ein Gepoch an der Tür. Zitternd und entschlossen zu gleicher Zeit, griff er nach dem Handbeil neben seinem Bett und schrie:

»Wer ist draußen? Hex, Unhold und Strolch soll draußen bleiben – gut Freund komm eini!«

Da antwortete ihm eine heisere Stimme:

»Gut Freund, gut Freund!«, und der Bub schlug Licht und kam mit dem Kienspan an die Tür und öffnete. Eine schwere, harte Hand legte sich ihm auf den zu einem lauten Schrei aufgerissenen Mund, und Sven Knudson Knäckabröd flüsterte:

»Ja, Bursch, ich bin's. Schrei nur nicht. Den Hund nehm ich mit herein – schließ die Tür, Melchior; ich bin's in Fleisch und Blut; marsch auf dein Stroh zurück, ich krieche in meinen eigenen Winkel dorten; morgen früh wird sich ja wohl das übrige finden.«

Das war der festeste Schlaf, den der Korporal Sven Knudson Knäckabröd je schlief; aber der Bub Melchior Rädler schlief gar nicht wieder ein in dieser Nacht. Solange es noch dunkel war, saß er aufrecht auf seinem harten Lager und horchte auf das donnernde Geschnarch aus entgegengesetzter Ecke der Hütte. Und als es dann allgemach licht wurde, saß er noch aufrecht und blickte stier nach dem Schlafgenossen hinüber. Als aber die Spitzen der Berge im ersten Lichte des neuen Tages zu scheinen begannen, da erhob er sich; fuchsartig, verstohlen beugte er sich noch einmal über den heimgekehrten Korporal und schlich aus der Tür. In dem Augenblick, wo er sich draußen fand, fing er an zu laufen; in den weitesten Sätzen sprang er bergab, nach Alberschwende hinunter, und klopfte und hämmerte wie wahnsinnig an der Pforte seiner Brodherrin. Nach zehn Minuten befand sich das ganze Haus im hellen Alarm, und nach einer weitern Viertelstunde, als sich schon der Himmel im Osten mit schönster Glut färbte, hatte sich der Lärm bereits durch das ganze Dorf verbreitet.

Noch sprachen zwar die Bequemsten und Ungläubigsten von ihrem Bette aus: »Der Bub Melchior hat geträumt!« Allein der Bub Melchior war seiner Sache eben gewiß, und die Frau Fortunata Madlener war um diese Zeit schon – auf dem Marsche zur Lorena empor.

Sie stieg bergan, gestützt, geschoben und gezogen von den stärksten Händen ihres Haushaltes. Aber auch der schwächere Teil ihres Haushaltes stieg mit. Daß die Hunde sich nicht ausschlossen, verstand sich von selber; aber auch das halbe Dorf folgte dem Zuge, und es war freilich ein sonderlicher Zug durch die graue Frühe, über die taufeuchten Halden und durch den noch phantastisch in Wolken und Nebel gehüllten Tannenwald.

»Ich will sanft gegen ihn sein wie ein eintägig Lämmle«, murmelte die Taubenwirtin. »O, er soll es schon verspüren, wie sanft ich gegen ihn sein will; aber gestehen soll er, wo er sich umgetrieben hat. Was meinst, Aloysle, ob ich es wohl aus ihm herausschmeicheln und -streicheln werd? Ei, er soll sich schon wundern, wie schön man einem solchen wie er tut, wann er endlich nach Hause kommt. Ah – oh – uh, den Stein überleb ich nicht; stemm die Schulter an, Kasperle! Sachte, Fridolin, den Arm brauchet Er mir nicht auszureißen; – uh – oh – da – jetzt noch einmal zum letzten – da wä–ren – wir – o–ben!«

## 14.

Aus dem tiefen Schlafe des Korporals Sven war allmählich ein sehr unruhiger geworden. Der Bub hatte die Tür der Hütte offenstehen lassen, und die scharfe Gebirgsluft, die eindrang, mochte wohl mit schuld daran sein, daß sich der Schläfer unruhig hin und her warf; allein an dem kuriosen Traum, den er jetzo träumte, war sie jedenfalls nicht schuld.

Er befand sich mitten im Schlachtgetümmel von Fehrbellin, und sein guter Kamerad Rolf Rolfson Kok hielt zehn Schritte von ihm ab in derselben Linie, und er sah ihn dann und wann deutlich durch den Dampf und Regennebel. Sie hatten sich zum letztenmal gestellt vor dem brandenburgischen Andrang, ehe sie über die pommersche Grenze zurückwichen. Er sah alles wie in einem sich wandelnden Bilde: den weiten Weg von der Havel her, bedeckt mit abgeworfenen Kürassen und Eisenhüten, zerbrochenen Wagen, halb versunkenen Kanonen und Leichen von Mensch und Tier, – und zugleich sah er rundum den letzten Kampf der Trümmer der tapfern Armada des großen Feldmarschalls Wrangel, die letzte Aufstellung hinter der Landwehr zwischen Ribbeck und Hackeberg. Er winselte in seinem Traum; über seinem Haupte flatterten die Standarten des Regiments Dalwigk, und er sah sie deutlich mit ihrer goldenen Inschrift »Auto et ferro!« Da brauste es heran, und er schrie auf im Traum – um ihn her schwankte und schwirrte es, er lag unter den Haufen der Gäule, der Feind ritt über ihn weg, und da – war er allein auf dem Felde mit dem guten Kameraden, kniete neben ihm, hielt seinen zerschossenen Kopf im Arme; aber der Korporal Rolf konnte ihm nimmer wieder die Hand drücken und zunicken, der Korporal Rolf war tot und nun freilich zu Hause angelangt nach so langem, beschwerlichem Marsche.

Wie war denn das? Der Traum verwirrte alles zu sonderbar! Nun war der Korporal Rolf wieder nicht tot, sondern der Korporal Sven erblickte ihn in einem betrüblichen Zuge eiliger Männer, die mit einer Sänfte fliehend über graue Heidehügel dahinzogen. In der Ferne lag es noch grauer – aber das regte sich und bewegte sich – die See dehnte sich dorten, und große Orlogsschiffe unter schwedischer Kriegsflagge kreuzten hin und wider. Aber aus der Sänfte beugte sich ein verwelkt, kummervoll Greisengesicht – das war der glorreiche, sieghafte Feldherr Carolus Gustavus Wrangel selber, den der Korporal Sven schon als junger Mensch gekannt hatte in allem Glanz und Triumph. Der Korporal Rolf war aber doch tot; denn wie er neben der Sänfte des Generals einherschritt, zog er plötzlich den Reiterhandschuh ab und legte eine fleischentblößte Faust, die Hand eines Gerippes, auf den Fensterrand. Da schwankte und schwirrte es wieder um den ächzenden Sven Knudson Knäckabröd. Die Wolken zogen sich zusammen und stiegen nieder, aber des Meeres Horizont stieg immer höher auf, immer dunkler, schwärzer. Und aus den Wassern wurden steinerne graue Mauern, die Mauern eines alten, festen schwedischen Schlosses; – der Korporal Sven stand unter einer großen Menge bewaffneter Männer in einem düstern Saal, und in der Mitte dieses Saales stand ein Block und daneben ein Mann im schwarzen Kleide und Mantel. Es kniete aber ein anderer Mann vor dem Block, und wieder ein anderer hatte ihm sanft auf die Kniee niedergeholfen; – beide waren alt, sehr alt, und beide waren auch Kameraden seit langen, langen Jahren: der mächtige Connetable Wrangel und der brave Korporal Rolf Rolfson Kok. Der Mann im schwarzen Kleid hob sein mächtig Beil und schlug – – da mußte der Korporal Sven Knudson Knäckabröd in der Sennhütte auf der Lorena freilich wohl erwachen; denn sie schüttelten ihn, die Leute von Alberschwende, und vor allen andern schüttelte ihn derb die tapfere Freundin, Frau Fortunata Madlener, die Wirtin zur Taube in Alberschwende, und der alte heimgekehrte Sünder saß aufrecht auf seinem Strohsack und sah sich verstört und blinzelnd um! –

Natürlich, nachdem sie ihn nach Herzenslust und Bedürfnis abgeschüttelt hatten, überschwemmten sie ihn mit einer Flut von Fragen! Er aber brauchte längere Zeit, um ihnen alles mitzuteilen, was sie, nicht ohne einige Berechtigung, zu wissen verlangten. Er hatte für manchen Winterabend, wenn der Schnee erst bis zum Dachrande hinauf lag, genug erlebt; wir jedoch haben hier uns nur an das Zunächstliegende zu halten.

»Wo will Er gewesen sein, Er Landläufer?« schrie die tapfere Wirtin zur Taube. »Saget es noch einmal und lüget nicht, Schwen; – Ihr kennet mich und werdet nicht verlangen, daß ich in dieser Stunde Spaß verstehen soll.«

»Auf Ehre und Gewissen, Frau Fortuna«, ächzte der Korporal. »Am Rhin war ich – zu Hause war ich – bei den Fahnen, bei dem Feldmarschall – ja, auf Ehr und Gewissen.«

»Schwen, Schwen, Ihr lügt, wie Ihr es weder vor unsern katholischen noch Euern lutherischen lieben Heiligen verantworten könnet. Stellt Ihr Euch auf die Zehen, so könnet Ihr den Rhin aus dem Graubündnerland herfließen und in den See gehen sehen: hab ich Euch nicht auf sechs Meilen in die Rund suchen und aufbieten lassen? Wie wollt ich Euch nicht gefunden haben, wenn Ihr nur am Rhin die Straßen und die Wirtshäuser unsicher gemacht hättet! Schämet Euch, schämet Euch, Schwen; das hat niemand vor dem Arlberg um Euch verdienet und ich am wenigsten! O Schwen, hab ich Euch darum an die dreißig Jahre wie meinen Bruder, wie meinen Sohn, wie meinen allerbesten Freund gehalten?«

»Bei meiner Ehr und Gewissen, Frau; sie nannten im Generalstab das Wasser, wo wir die schlimmen Schläge kriegten, den Rhin. O nun lasset mich ausschlafen; nachher will ich Euch gern auf alles des fernern dienen. Nimmer in meinem Leben bin ich so gelaufen und hab so mächtig Herzeleid erlitten wie in diesem Jahr. Ich habe sie liegen sehen im Sumpf und auf den Sandhügeln zu Tausenden und ich hab sie in heller Flucht gesehen, daß ich blutige Tränen wein im Wachen und im Schlafe.«

»Wen habet Ihr liegen und auf der Flucht gesehen?«

»Uns – die wir den Sieg behalten hatten vom ersten Sprung auf den deutschen Boden an – Nördlingen ausgenommen.«

»Und wer, saget Ihr, hat euch niedergeleget?«

»Der Brandenburger, Frau. Der Kurfürst Friedrich Wilhelm, der Fürst von Homburg mit dem silbernen Bein und der Derfflinger, Frau. Ja, da möcht ich wahrlich wohl lügen, wenn es anginge! Die Brandenburger haben das Feld behalten.«

»Sehet Ihr, Schwen, da habe ich Euch schon! Eine solche Völkerschaft, als Ihr da nennet, gibt es gar nicht! Nun verantwortet Euch noch einmal vor Gott und den Menschen, da vor der Aloysia und vor den Kindern drunten im Ort, die sich nach Euch schier die Augen aus dem Kopfe gegreint haben.«

»Frau, bringet mich nicht auch zum Greinen! Ach ich wollte, Ihr könntet den Wrangel fragen, dem würdet Ihr ja wohl glauben; denn er war ja hier bei euch Anno siebenundvierzig. Wisset Ihr nicht, wie er Bregenz da unten nahm und wie wir über den Pfänder aus purem Übermut zu euch auf Besuch kamen und wie ihr uns so übel aufnahmet am Roten Egg?! O Frau Fortuna, jetzo lieget der Wrangel tief zu Boden; und obgleich euch die Geschichte dort bei Fehrbellin nicht so nah auf die Haut brennt als der Bregenzer Sturm, so möget ihr wohl noch ärger Viktoria schreien als damals am Fallenbach über unsern blutigen Leibern. Auf Ehr und Gewissen, Frau Fortuna, die Brandenburger haben den großmächtigen Connetable Wrangel niedergeleget in dem Rhinluch, und der Generalfeldmarschall Derfflinger hat über mich gelacht nach der Schlachtung und mich aus Spaß ranzioniert auf dem Markte zu Fehrbellin, als ich mich bei ihm bedankte, weilen er mich auf der Rathenower Brück nur mit der Faust traktierte. Er hat mir auch sechs Brandenburger Taler aus Generosität geschenkt, damit bin ich heimkommen zu Euch – ach Gott! ohne den Rolf, den tapfern Herzbruder, den Korporal Rolf Rolfson Kok, den die Spießbürger zu Lindau das Gockele nannten und zum Hafenvogt gemacht hatten, weil sie nicht wußten, was er wert war. Ach Gott, wir haben ja beid zusammen das Heimweh zu Lindau in der Krone gekriegt; aber ich allein bin zurückkommen von unserm Marsche zu den Fahnen – der gute Korporal Rolf Rolfson Kok, der liegt verscharrt an der Landwehr bei Hackeberg.«

Die alte Taubenwirtin und Oberkommandantin vom Fallenbach schüttelte bedenklicher denn je den Kopf:

»Jetzt wär's mir am End gar noch ein Gaudium, wenn ich ihm glauben dürft«, murmelte sie. »Als wir um die Weihnacht sechsundvierzig allhier bei Tag und Nacht zu Haufen standen und bei Tage den Rauch, bei Nacht den roten Feuerschein rund um den See sahen, da war's ja freilich der Wrangel, der uns die grausame Angst, das Zittern und Beben schuf. Schwen, Schwen, Euch traue ich noch lange nicht; aber wenn das wahr wär mit dem Wrangel – – – Schwen, ich sage Euch, ich erfahr es noch, ob es wahr ist, daß es solch ein Volksspiel gibt, von welchem Ihr gelogen habt und was euch eure Sünden so derb heimzahlte! Ich erfahr es, und nachher wollen wir weitersehen.«

»Geträumt habe ich es nicht, Frau, verlasset Euch drauf, obgleich es mir jetzo wahrlich so zumute sein könnt, als sei das alles, was ich erleben mußte auf dem Marsche, nur das Gespinste einer boshaftigen Trold gewesen, so sie mir nächtlicherweile über den Kopf und das Hirn geworfen hätt'. Ich hab wahrhaftig nicht gewußt, wie weit ich von Euch und der Aloysia und den Kindern abkäm, als ich Euch vorm Jahr auf dem Gebhardsberg bei den Gevatterinnen ließ und allein meines Wegs am See hin lustwandeln ging! Ich konnt es doch sicherlich nicht wissen, wer zu Lindau auf der Hafenmauer sechsundzwanzig Jahre lang auf mich wartete! Und dann – dann war da die Krone und der vom Regiment Strozzi, der Titinio Raffa, und die Kugel – unsere Kugel am Gebälk und das Bildnis des Feldmarschalls – unseres Feldherrn! Saget selber, wie weit wäret Ihr gelaufen, Frau Fortuna, wenn Euch das Heimweh also ans Herz gegriffen hätt'? Und saget, bin ich nicht um Euch heimkommen, als alles aus war, in alter Freundschaft und Dankbarkeit?«

»Nun soll ich ihm gar noch eins drauf zugute tun«, sprach die Frau Wirtin zur Taube, aber der Korporal Sven Knudson Knäckabröd faßte jetzt plötzlich ihre Hand, schüttelte sie wacker und rief:

»So ist es, und es wird das beste sein. Und Fraue – es ist doch ein Vergnügen, Euch allda so dick und stattlich sitzen zu sehen, und jetzo – saget, wie ist es denn Euch ergangen in dem Jahre, wo ich mit dem armen Korporal Rolf auf dem Marsche nach Hause war?«

»Lieber Himmel, Schwen, bei uns hier im Walde ist noch alles beim alten. Seit wir Anno siebenundvierzig gegen euch auszogen, hab ich nichts von Merkwürdigkeiten erlebt als heut Eure verwunderliche Historie. Nach dem andern müßt Ihr die Aloysia und die Kinderle fragen, und – na – weil es denn eben so ist und ich es doch nicht ändern kann, so – *grüeß di Gott daheim, du alter Schwed!«*

## Über tredition

### Eigenes Buch veröffentlichen

tredition wurde 2006 in Hamburg gegründet und hat seither mehrere tausend Buchtitel veröffentlicht. Autoren veröffentlichen in wenigen leichten Schritten gedruckte Bücher, e-Books und audio-Books. tredition hat das Ziel, die beste und fairste Veröffentlichungsmöglichkeit für Autoren zu bieten.

tredition wurde mit der Erkenntnis gegründet, dass nur etwa jedes 200. bei Verlagen eingereichte Manuskript veröffentlicht wird. Dabei hat jedes Buch seinen Markt, also seine Leser. tredition sorgt dafür, dass für jedes Buch die Leserschaft auch erreicht wird.

Im einzigartigen Literatur-Netzwerk von tredition bieten zahlreiche Literatur-Partner (das sind Lektoren, Übersetzer, Hörbuchsprecher und Illustratoren) ihre Dienstleistung an, um Manuskripte zu verbessern oder die Vielfalt zu erhöhen. Autoren vereinbaren direkt mit den Literatur-Partnern die Konditionen ihrer Zusammenarbeit und partizipieren gemeinsam am Erfolg des Buches.

Das gesamte Verlagsprogramm von tredition ist bei allen stationären Buchhandlungen und Online-Buchhändlern wie z. B. Amazon erhältlich. e-Books stehen bei den führenden Online-Portalen (z. B. iBookstore von Apple oder Kindle von Amazon) zum Verkauf.

Einfach leicht ein Buch veröffentlichen: **www.tredition.de**

## Eigene Buchreihe oder eigenen Verlag gründen

Seit 2009 bietet tredition sein Verlagskonzept auch als sogenanntes "White-Label" an. Das bedeutet, dass andere Unternehmen, Institutionen und Personen risikofrei und unkompliziert selbst zum Herausgeber von Büchern und Buchreihen unter eigener Marke werden können. tredition übernimmt dabei das komplette Herstellungs- und Distributionsrisiko.

Zahlreiche Zeitschriften-, Zeitungs- und Buchverlage, Universitäten, Forschungseinrichtungen u.v.m. nutzen diese Dienstleistung von tredition, um unter eigener Marke ohne Risiko Bücher zu verlegen.

Alle Informationen im Internet: **www.tredition.de/fuer-verlage**

tredition wurde mit mehreren Innovationspreisen ausgezeichnet, u. a. mit dem Webfuture Award und dem Innovationspreis der Buch Digitale.

tredition ist Mitglied im Börsenverein des Deutschen Buchhandels.

## Dieses Werk elektronisch lesen

Dieses Werk ist Teil der Gutenberg-DE Edition DVD. Diese enthält das komplette Archiv des Projekt Gutenberg-DE. Die DVD ist im Internet erhältlich auf **http://gutenbergshop.abc.de**

MIX

Papier | Fördert
gute Waldnutzung

FSC® C083411

Zeitfracht Medien GmbH
Ferdinand-Jühlke-Straße 7
99095 Erfurt, Deutschland
produktsicherheit@kolibri360.de